把握我们有限的今生：遇见当下的自己

[美]刘墉 著

花山文艺出版社

河北·石家庄

图书在版编目（CIP）数据

把握我们有限的今生：遇见当下的自己／（美）刘墉著． -- 石家庄：花山文艺出版社，2022.7
ISBN 978-7-5511-6048-3

Ⅰ.①把… Ⅱ.①刘… Ⅲ.①散文集－美国－现代 Ⅳ.① I712.65

中国版本图书馆CIP数据核字（2022）第025314号
经刘墉授权在中国大陆地区独家出版发行

书　　名：	把握我们有限的今生：遇见当下的自己
	Bawo Women Youxian De Jinsheng: Yujian Dangxia De Ziji
著　　者：	（美）刘墉
责任编辑：	梁东方　王李子
责任校对：	李　鸥
美术编辑：	胡彤亮
装帧设计：	赵银翠
出版发行：	花山文艺出版社（邮政编码：050061）
	（河北省石家庄市友谊北大街330号）
销售热线：	0311-88643221
传　　真：	0311-88643225
印　　刷：	大厂回族自治县德诚印务有限公司
经　　销：	新华书店
开　　本：	620毫米×889毫米　1/32
印　　张：	7
字　　数：	80千字
版　　次：	2022年7月第1版
	2022年7月第1次印刷
书　　号：	ISBN 978-7-5511-6048-3
定　　价：	30.00元

（版权所有　翻印必究·印装有误　负责调换）

今生都不积极地把握,
凭什么属望来生?

今生都不耕耘,
凭什么盼望来生丰收?

难道我们还要像不负责任的父母,
欠下债,死了,让儿女还?
打算今生欠债,来生还吗?

还是勇敢地面对今生,
今生债,今生了!连前世未还的债,
也今生了断。

何况,

这有限的今生,
是我们灵魂漂泊了许久之后,
才盼到的。

今生之后，
又可能是多么漫漫的长夜！

前世的缘，
今生正在实现，
好不容易盼到了，
还不好好把握？

自序

把握我们有限的今生

小时候最爱听父亲讲狐狸精的故事。

狐狸精有男也有女,有好也有坏。他们总是穿着长长的袍子,对人笑容满面地拱手作揖。他们比人还像人,只是,常常一转身,一不小心,就露出个红毛的大尾巴。

把 握 我 们 有 限 的 今 生

"狐狸修炼五百年，可以成人的样子，可是必须要修上几千年，才能把尾巴修不见。"父亲一脸神秘地说，"要知道，我们人也都是修炼来的，我们修得更久，修了几万年，才把尾巴修掉。不信，你摸摸屁股后面，到现在还有一小截尾巴骨呢！"

我摸摸屁股，果然有个小骨头。却一边点头，一边心里想："狐狸干吗那么费劲？修成人有什么好？人又干吗那么费劲？修几万年，才修掉一条尾巴！"

夏天，端了一盆昙花到大树下。为的是让它晒点太阳，又能够因为有些树荫，不至于晒得过火。

没想到，才几天的时间，一株昙花上，居然趴着五六只蝉蜕。蝉都飞走了，只有张牙舞爪的壳，虽然已经空了，还紧抓着昙花不放。

妙的是，就在大树四周，也躺了许多死掉的蝉。

每只都很完整，大大的头，薄薄的翼，泛着蓝绿光芒的身体，好像正值壮年就骤然而逝的一群。与旁边的蝉蜕对比，就更有意思了，仿佛婴儿房与殡仪馆开在一起。不禁令人猜想：这些死掉的，搞不好，正是不久前，由这些壳子里出来的？

查百科全书，果然有此可能！

书上说，这种蝉在地底下要潜伏十七年之后，才能钻出泥土，从蝉蜕里挣脱。公蝉的腹下有一对膜，可以振动出尖锐的声音，吸引母蝉。

然后，它们交尾，交尾完，公蝉就死了。剩下的母蝉，则用它尖尖的尾巴，插到树皮里产卵，产完卵，也掉到树下死掉。

再然后，卵孵化，成小虫，落在地上，钻进土里，靠树根的养分过活，开始漫长的十七年的等待。

天哪！它们等上十七年，真正能飞、能鸣的日子，

把握我们有限的今生

居然只不过一个月!用人类大约八十岁的寿命推算,如果我们也像蝉一样有这"等待的时期",那一等将是一万六千三百二十年啊!

我想起十几年前,在美国读到一本书《人的前生》(*Life Before Life*),许多人被催眠后回想到前生,有的居然回到埃及法老王的时代。问题是,从法老王到今生,这中间的几千年,他在哪里?

难道是到处漂泊?或者像是蝉蛹,躲在不见天日的地下,只是等待那一个月的"重生"?

看冬季奥运会坡道滑雪的转播,一位赛前最被看好的选手,居然临到终点,错过了一个标杆,而未能计分。

记者访问他:"明天,你还有另一场比赛,今天的失误，会不会对你造成心理上的影响？大家都看好你，你如果输了，怎么办？"

选手一笑："你知道我等这场比赛，等了多少年吗？我从小练滑雪，九岁就立志参加奥运会。我好像从生下来，就在准备这场比赛。何必回头去想失败？"他斩钉截铁，一个字一个字地说：

"我是来赢的！"

去看一位残障的学生。

天生的异常，使她的脊椎弯曲，肋骨压到了内脏。从小到大，已经动了七次手术。坐在轮椅上，她身体外面支着钢架。据说身体里面，也支了粗粗的钢条。

"老师，我已经不知道不痛是什么感觉了！"她神态怡然地对我说，"但是想想，父母在一起，有上亿个精虫。凭什么会是我，早早游到母亲的卵子，进去受孕。又多么有幸地,让我这受精卵,能在子宫'着床'。再多么幸运地,十月怀胎,被平安地生下!"她一笑,满是安详,"跟那些未受孕的比起来,我能来到这世界,已经够走运了。我要好好活着,活个够本,才不辜负这一生啊!"

记得二十几岁时,有个专门研究轮回的朋友到家里做客。

"我们夫妻,下一辈子还会不会是夫妻?"我太太问他。

"很难,机会不大!"他想都没想就说。

"可是……可是难道这一生夫妻的爱,死了,就完了吗?"

"好像电插头,拔掉一极,不亮了!"他又冷冷地说。

"那不是太可惜了吗？"我不平地说。

"有什么可惜？你几时能记得前生？你记得你上一辈子，也是跟你太太吗？你当然不记得！"他一笑，"同样，你下一辈子又能记得这一辈子吗？既然不记得，是不是同一个人，又有什么关系？夫妻缘，只是缘的一种，没有绝对不变的，否则轮回就没意思了。最重要的，是你们今生是夫妻，看得到，摸得到，最实在！"

将近二十年了，他的话常在我脑海里浮现。一方面觉得他太无情，一方面又觉得很有道理。这世上，什么比今生更实在呢？

很喜欢一个禅宗的故事。

有一天老禅师带着两个徒弟，提着灯笼在黑夜里行走。一阵风，灯灭了。

"怎么办？"徒弟问。

把 握 我 们 有 限 的 今 生

"看脚下!"师父答。

当一切变成黑暗,后面的来路与前面的去路都看不见,如同前世与来生都摸不着。我们要做的是什么?

当然是:看脚下,看今生!

许多人都相信来生与前世。因为那让我们能对今生的不幸,用前世做借口,说那是前世欠下的。也又对今生的不满,用来生做憧憬,说可以等待来生去实现。

问题是,哪个"今生"不是"前世"的"来生"?

哪个"来生"不是"来生"的"今生"?

来生的缘,可以是今生结下的;来生的果,可以是今生种下的。前世的债,今生正在还。还不清,来生还得继续。前世的缘,今生正在实现,好不容易盼到了，还不好好把握？

看脚下！看脚下！

有什么比脚下踩的地更实在？有什么比今生更直接？

今生都不积极地把握，凭什么属望未来？今生都不耕耘，凭什么盼望来生丰收？

难道我们还要像不负责任的父母，欠下债，死了，等儿女还？打算今生欠债，来生还吗？

还是勇敢地面对今生，今生债，今生了！连前世未还的债，也在今生了断。

何况，这有限的今生，是我们的灵魂漂泊了多么久之后，才盼到的。今生之后，又可能有多么漫漫的长夜！

如同蝉！十七年，只换来三十天。

我们当然要像它们一样，高高地飞到枝头，欢

把 握 我 们 有 限 的 今 生

唱着,呐喊着。敢爱敢恨,能取能舍。倾我们最大的力量,以我们最真实的心灵——把握我们有限的今生!

前言

可爱的生命

人不就这么一辈子吗?短短数十寒暑,刚起跑便到达终点的一辈子;今天过去,明天还不知道属不属于自己的一辈子;此刻过去便再也追不回的一辈子;白了的发便再难黑起来,脱了的牙(永久齿)便再难生出来,错了的事便已经错了,伤了的心便再难康复

把握我们有限的今生

的一辈子；一个不容我们从头再活一次，即使再往回过一天、过一分、过一秒的一辈子。

想到这儿，我便不得不随着东坡而叹："寄蜉蝣于天地，渺沧海之一粟。"我便不得不随陈子昂而哭："前不见古人，后不见来者，念天地之悠悠，独怆然而泣下。"我便不得不努力抓住眼前的每一刻、每一瞬，以我渺小的生命、有限的时间，多看看这美好的世界，多留些生命的足迹。

重新整理自己年轻时的作品《萤窗小语》第四集，看到这篇《人就这么一辈子》，真是感慨良多。

十九年来，接过许多读者的信，说在他们最消极的时候，这篇短文产生过多大振奋的力量。有一位女士甚至说在她沮丧得想自杀时，因为看到这篇文章而回头。还有位著名的版画家，送了一幅全省美展得奖的作品给我，交换的是——请我写"人就这么一辈子"七个字，送他挂在家里。因为在他年少时，这句话给了他很大的启示。

说实在的，"人就这么一辈子"，何尝不是我的座右铭？它警醒着我、推动着我，积极地抓住生命中的每一刻。

回头看看自己，年轻时与现在的人生观，或许有了些许差异。年轻时，天不怕、地不怕，只信有今生，不信前世与来生。现在，人入中年，想的、梦的都深一层，回头也见得多些，愈来愈相信许多前世的因缘与来生的可能。但是——

我仍然要说"人就这么一辈子"，这"一辈子"永远不会等于别的"一辈子"。

据说得绝症的人，起初的反应是反抗："不可能是

把 握 我 们 有 限 的 今 生

我！"接着是怨恨："为什么会是我！"最后则是平静地接受命运："它毕竟落在了我的身上！"

我想，对于生命，对于那最后一站的死亡，我们面对的态度也是如此。由年轻时的痛恨、拒绝去想"死这件事"，到中年的叹息"生之无奈"，乃至老年的"安度余生"。

面对死亡，每个人都有他生命的哲学，可以不说出来，却深深藏在内心。因此有人说"没有死亡，就没有哲学"，甚至"没有死亡，就没有真正的美"。

美，因为我们珍视。珍视，因为美是如此短暂。假使那美会永远停在那儿，只怕感觉上就不够美了。

同样，生命的美，是因为我们珍视，珍视是因为生命如此短暂。不把握，它便飞逝了！

这本书里的文字，就是在这珍视中写成。即使像生生长流的无奈，也在那无奈中有了泰然。即使今生有憾，也在那遗憾之后，更积极地不负今生。

生命如此可爱，即使是痛苦，能活着，去感觉，都是多么值得感恩的事！

这是我现在心情的写照，愿与您共享！

目 录

今生有爱

恋爱的扉页　_003

年轻的坚持与美丽　_011

爱与拥有之间　_019

当一切化作烟尘　_026

吸吸、亲亲、抱抱　_034

不属于别人的他　_052

把 握 我 们 有 限 的 今 生

今生有情

心灵的接纳 _059

皮肤的触感 _066

愈活愈宽 _073

心园七帖

当藤蔓爬上须眉 _082

端丽的平凡 _088

香草 _092

谢谢虫 _096

垂头的母亲 _100

狮子的牙齿 _105

雪昙花 _108

今生有憾

再会吧！我的爱！ _115

如果他长大 _123

人到中年恨难忘 _132

最后一声呼唤 _140

做梦的胆量 _146

死亡的快与慢 _154

莫负今生

心中的一首歌 _165

放孩子飞吧！ _171

忘了我是谁 _178

生命的飞翔 _188

生生长流 _195

把 握 我 们 有 限 的 今 生

今 生 有 爱

遇 见 当 下 的 自 己

在没恋爱与初恋之间,

有个特别的感觉。

就像是一本书,

被翻开了,还没有读。

虽没读,却有了读的感觉和读的心情。

恋爱的扉页

"我发现我有了恋爱的感觉!"一位专科学校的女孩对我说,"每天上学,我都会经过一户非常有钱的人家门口,他们家的墙很高,上面还拉着铁丝网,大门好宽好宽,给人一种好神秘的感觉。上个星期,我经过时,正好门开了,我看到一个男孩子,正坐在轮椅上晒太阳,我看着他,他也看着我。"

"然后呢?"

"然后,那大门就又关上了!然后,我就一路想,上课也想,睡觉也想,想象那个苍白着脸的漂亮男孩得了重病,而我被请去照顾他,为他推轮椅,给他念书听。然后……然后我们就恋爱了!"

"再然后呢?"我又问。

"为什么要问再然后呢?"

"为什么不问?"我说,"日子总要过下去啊!譬如再然后,你们就结婚了!他病重得不能跟你同房,或是他没多久就死了!你怀了他的孩子,你又改嫁了……"

"老师!你好煞风景啊!"女学生居然有点不高兴,连脸色都变了,"你怎么不问白雪公主被王子救活之后有没有结婚,后来有没有离婚呢?"

谈到白雪公主，倒使我想起最近看日本高畑勋的卡通片《萤火虫之墓》。

片子描写第二次世界大战结束前后，日本的一对兄妹，母亲被炸死了，父亲从军，下落不明，家又被烧光了。

只有十四五岁的哥哥，带着四五岁的妹妹，受尽亲戚的白眼，到外面漂泊。

两个孩子住在阴湿的防空洞里，吃偷来的地瓜和捞到的田螺。妹妹营养不良，肚子肿、发烧，吃下哥哥弄来的最后一口西瓜，就死了。

哥哥把妹妹烧成骨灰，随身带着，最后也撑不住地倒下……

片子放到一半，妻就走了，还一个劲儿地催小女儿不要看，五岁的小丫头却坚持要看到底。

片子放完，小丫头坐在椅子上没有立刻站起来，问她好不好看,也不答话。隔一下,跳起来走了,我偷偷看见她眼睛里忍着的泪水。

第二天,再问她好不好看。

"人为什么会死呢?"小丫头回答,"为什么美女和野兽不会死?为什么睡美人不会死?为什么灰姑娘也不会死?她们都跟王子结婚了,多好!"

"可是你要知道,他们有一天,也会死!"我笑着拍拍她。

"我不要听!"她叫着跑了。

读川端康成的成名作《伊豆的舞女》,描写他在二十岁那年,为了疏解抑郁的心情,一个人到乡下旅行。路上遇到跑江湖卖艺的一家人,其中一个十四岁的少女,竟开启了川端的心。

故事写得很淡,用轻轻的笔触,写少女怎么不经意地让发梢碰触了川端；怎么跪在地上，为他刮去裤脚的泥土。写少女在蓝蓝的光影中，裸身跳入温泉，以及临别时，看似去送川端上船，却又蹲在路边一言不发。

还有，直到船走远了，才见到挥摇的白手帕。

据说川端康成从二十七岁发表这部小说，就被人称作"《伊豆的舞女》的作者"，一直到十年后，再写出《雪国》，才有了新的突破，可见这篇小说在他的作品中的重要性。

尤其耐人寻味的，是川端讲，他原来惨淡消沉的少年时期，竟由遇见那少女后，突然结束了，仿佛由阴雨的寒冬，一下子进入阳光和暖的春天。

不过是与少女浅浅的几句话啊！只是稍稍贴近彼此地坐坐，两人一起在山道上走走，完全没有肌肤之亲，甚至手都没拉一下，为何能产生这么大的影响呢？

突然想起自己的少年时期，也有过的一段遭遇。

十四岁，代表学校参加演讲比赛，遇见一个可爱的女孩。说实在的，她长什么样子，我早忘了！甚至在当时，不过几句话的交谈，也没看得真切。

只是，我们交换了电话号码。

我的电话，其实是邻居的。有一天，突然邻居来叫，说有女生来电话。

心跳好快，不知会有谁打电话，接听之后，才晓得是她。

然后，信也来了！电话一通又一通，直到我严厉的母亲冒了火。我打电话过去，又被那女生的老哥吼了回来。

事情突然结束了。

我没觉得怎么样，一下子便忘了。只是一天天过去，我一天天长大，对那女生的记忆，不但没变淡，反而渐渐浓了。觉得有点酸酸的,有点凄,有点美!

我后来常想,我是应该感谢她,还是怨她呢?

她或许比我大、比我早熟些,于是不经意地撩拨起我的情怀。

虽然我那时还是青涩的,没有情怀。

但我的情怀,甚或是我情窦初开的那点感觉,也似有似无地被她偷走了。

王蓝先生在《蓝与黑》这本小说里,一开头就说了句耐人寻味的话:

"一个人一生只恋爱一次,是幸福的!不幸,我刚刚比一次多了一次。"

我想,一个人一生可能恋爱很多次,但绝对能确定的是:初恋只有一次!

问题是,会不会有人可能恋爱许多次,却失去了

把握我们有限的今生

初恋的感觉呢?

电视上访问一个被强暴的女孩,女孩子很平静,冷冷地说:"我恨他(强暴者),因为他不但伤害了我,也夺走了我的感觉!我过去没谈过恋爱,以后当然会恋爱,可是,可是我却失去了那种最初的感觉!"

也让我想起,以前认识的一个灵慧女孩子的话:

"在没恋爱与初恋之间,有个特别的感觉。就像是一本书,被翻开了,还没有读。虽没读,却有了读的感觉和读的心情。"

多美呀!读一本恋爱书的心情!

只有那么一刹那!不必很现实,不必想得太远,也不必激情的动作与语言,甚至只是眼神的略一接触。

那扉页,就被翻开了!

年轻的坚持与美丽

跟朋友坐车,看到路上发生车祸。

一个年轻的男孩子,载着女朋友在车堆里钻,被撞倒在地上。

男孩子被自己的机车压在下面,女孩子拼命拉机车,所幸,男孩子跟着站了起来,拍拍身上的沙土,表示没事。

这时候，才发现女孩子的裙子被扯破了一大块。

"这女孩长得真漂亮！"前座的朋友说，"这么年轻又美丽的女孩子，应该坐奔驰轿车，不该坐机车，又吃灰，又危险！"

回头看，果然见到一个令人惊艳的面孔。

记得小学时的一位女老师，师范学校毕业不久，就来教我们。

大概因为紧张，她上课时，脸上动不动就泛起一片桃红。孩子们不乖，她会一转身冲出去，隔了半天，戴着一副太阳眼镜，又偷偷溜进来。

虽然才小学四年级，我已经迷上她了，觉得她脸红好美，连哭着嗓子说话，都可爱。

有一回，大家又把她气哭了，她居然冲出门，好几天不再出现。别的老师说她生病了，孩子们则猜她是气病了,于是公推我做代表,写了封道歉信送去。

只记得是个大太阳天,走了好远的路,穿过竹林,又跳过水渠,来到了一处破破烂烂的房子前。

一个披散着头发的女人,正在打井水,一转身,彼此吓了一跳,竟是我老师。

她慌慌张张地在裙子上擦手,像是突然想起平常叮嘱学生不准这样,又匆匆忙忙跑进屋,再跑出来。

她接过信,脸好红。

我才升上六年级,她就离开了。多年之后,开小学同学会,还有人提到那漂亮的老师。说她好笨,早早就嫁给了同班同学,我当年去的地方,就是她新婚的家。

小学毕业,到现在三十多年了,我还常想起那位女老师。因为后来再不曾见到她,所以在记忆中,她还是那么年轻,且随着我年纪的增长,变得更美、更柔、更娇。

我老想起她那红着脸、散着头发、手足无措的样子。也记得当同学说她嫁给一个穷男生时,大家惋惜的表情。

去年,到北京,观光饭店像雨后春笋,豪华大厅里美女如云,柜台的职员,穿着特别设计的制服,美得帅气,连旁边拿着对讲机的女警卫,都令人惊艳。

"漂亮的女人,全到这儿来了!钱好赚嘛!漂亮就是本钱!"

当我坐车出去,跟司机提起饭店里的情况时,他感慨地说。

说着,碰到红灯停下来,看见路边一个背着小孩的年轻女子,正在抬大白菜。单车小,白菜重,她一面往车后的篮子里抬,一面不断扶车,怕倒下来。

那是个很美的女人。

把握我们有限的今生

"你看！这女人不是又年轻又漂亮吗？"我说。

司机瞄了一眼：

"是漂亮！是年轻！就是因为她太年轻，不懂得现实，所以嫁个穷丈夫。"笑着哼了一声，"她要是再过两年嫁啊，只怕就要拣有钱的了！"

到朋友家吃饭。

女主人一边介绍上大学的女儿，一边骂："把头发梳好！垂在前面，多难看！"

在座有女主人的老同学，当面打抱不平地说："你骂你女儿，不想想自己，你小时候还不是一样。"

这几句话，可壮了小女生的胆，居然挤上前一步，对着大家发牢骚：

"我妈就是这样，她反对我交男朋友，说我男朋友不够有钱，又是学文的。可是我爸爸跟我妈结婚的时候,还不是没钱?我爸爸也是学文的啊!"

"所以你外婆反对!"女主人倒没生气,"如果我是你外婆,我也会反对,谁不希望自己的女儿轻轻松松过好日子?"

满座宾客全起哄了,逼着女主人说:"你后悔自己嫁错了?"

女主人闭着嘴,扬着眉,瞪着眼,看了大家一圈,突然笑道:"我没嫁错!"然后一副要打烂仗的样子,一个个指着问,"你说!你说!我嫁错了吗?我嫁错了吗?"

她知道,没有人会说她嫁错了。因为她和丈夫白手起家,打出了人人羡慕的天下。

我突然领悟:上天是那么精心地安排,让我们在年轻时,由于受到的挫折不多,而不用现实的价值看这个世界。也因为年轻,相信一切美好的未来,全可以由自己去创造。

把握我们有限的今生

所以,我们可以不顾父母世俗的价值观,反叛地、革命地嫁娶那些被认为不相配的人。使穷小子能娶到美娇娘,灰姑娘能嫁给白马王子。然后,以他们的幸福与成功,证明给这个世界看——

我年轻的坚持是对的!

只是当这年轻坚持的人有了孩子,自己步入中年,逐渐忘了过去的坚持,便也开始用世俗的价值观,看他下一代的世界。

所幸,下一代仍然有他们年轻的坚持。

每一次,听说豪门公子远娶清贫的女子,或看见一个无比美丽的少妇,坐在机车的后座,手里还搂着个娃娃。我心中都生出一种油然的敬意,觉得这才是年轻,才是真爱,才是爱的光辉与坚持。

爱与拥有之间

有位朋友的狗不见了,朋友在自己家附近的巷子绕了两圈,找不到,因为事忙,也就没继续找。心想反正那狗的颈环上有电话号码,别人看到,自然会联系。

果然,过了几天,接到电话。

打电话的人很热心,先说怎么发现那又冻又饿的狗,带回家喂饱、洗澡,变得多漂亮;又赞美狗的灵巧、可爱。

"真的吗？真的吗？"朋友客气地说，"太麻烦你了，我这两天忙，等周末，就到府上把它接回来。"

对方停了一下，说："这样吧！我们多玩两天，给你送回去。"说完，要了朋友的地址。

问题是，一个星期、两个星期过去了，不见那人把狗还回来，转眼过了三个月。说巧不巧，朋友开车在路上，居然看见一对夫妻带着孩子，孩子手上牵的，正是自己走失的狗。

"你不是说玩两天就还给我吗？"朋友下车理论。

没想到对方一笑："我听你电话里的口气十分冷淡，以为你根本不想要了。你想想，如果你真爱这条狗，会不立刻冲出门，把它接回家吗？"

那狗也妙，大概经过好一阵子相处，对那家人比跟自己主人还亲热。朋友连拖带拉，把狗弄进车，发现狗的颈圈、皮带都是新的;一身狗毛,闪闪发光;原来的臭味全没了。

车门关上,那家的孩子放声大哭。

朋友一面开车,一面想,心中愈来愈不是滋味,突然掉头把车子开回那家人的身边,把狗牵下车,交给那孩子:

"这狗应该是你们的,你们比我更爱它,更会照顾它,更像它的主人!"

这个故事使我想起美国的一则社会新闻:

一个男同性恋者,为了不让人知道他是同性恋,特地找了一个离婚的妇人同居。

经过许多年,两个人因故闹翻了,居然闹进公堂。原因是,那妇人有个小孩,平常都由这同居男人照顾,日久生情,已经难分难舍了。

把握我们有限的今生

"这孩子是我的!"男人在法庭上说,"她从小就由我带,她妈妈根本不管她。"

法庭最后虽然还是把孩子判给了生母,却也给予男人经常探视的权利。最令人印象深刻的是,当法庭宣判时,那男人哭喊的一句话:

"不管孩子的妈妈,不配做妈妈!"

我有个离了婚的女同事,就更妙了。

虽然已经再婚,她却经常带着丈夫到前一任婆婆家里去。那婆婆也妙,只要我的女同事回去,她就不准自己的儿子回家,免得双方尴尬。

那婆婆原本也不是真正的婆婆,而是个未婚的老小姐。只因为看见邻居的幼子可爱,常带回家玩,渐渐地,竟变成孩子的"母亲"。她为那孩子买衣服、交学费、洗衣服……

那孩子的家长有九个孩子,已经忙不完,倒乐得送一个给老小姐。

于是孩子住进了老小姐家,虽没跟老小姐姓,也没叫老小姐"妈妈",却实实在在成了老小姐的儿子。连车子,都是老小姐为他买的;结婚之后,也住在老小姐家。

正因此,老小姐又开始照顾我同事生的小孩,把孩子当成自己的亲孙子,直到同事离婚,还舍不得孙子,总要接回去团聚。

"愈来愈难分了!"同事说,"老奶奶又爱上我跟现在丈夫生的娃娃了!"

我过去住的一栋楼房,常有个奇特的访客。那是一位五十多岁、白了头发的妇人。

她总是到大楼的同一侧,挨家敲门,请求屋主人让她进去,从窗口张望一下。

起初大家都不敢放她进门,怕是神经异常的女人要寻短见。后来才知道,她只是想由窗口,看看下面日式房子里的一个人——她十多年未能相见的儿子。

十四年前,她把幼子过继给邻居,说好等他长大之后,要让孩子知道自己的身世。岂知,那家人愈带愈爱,唯恐有一天孩子发现真相,会跑回生母的身边。一家人居然不告而别,搬走躲起来了。

十多年来,那妇人到处打听,到处寻找,终于找到了,而且常趁孩子在看书的时候,偷偷在邻居楼上,窥视自己的骨肉。

"你为什么不去按电铃,堂堂正正看自己的儿子呢?"大楼里有人不平地说。

"我有六个儿子,她只有一个。我们都死了丈夫,我还有五个可以依靠,她却只有一个。而且她那么爱他,把他教得那么好,我又为什么去打扰呢?"她幽幽地说,"我不去认我的孩子,因为我爱他!"

我常想:什么是自己的?什么是别人的?

是不是爱,就一定要拥有?拥有而不爱的人,是否也失去了拥有的资格?

每一个孩子,从出生,就是独立的个体,不是父母的所有物。那么,就让那孩子立于天地之间,由阳光、大地和每个人去爱他吧!

最爱他、最为他奉献与牺牲的,就能算是他的父母!

把握我们有限的今生

当一切化作烟尘

杰奎琳·肯尼迪死了,照她的遗嘱,葬在第一任丈夫约翰·肯尼迪的身旁。新闻出来,议论纷纷:

"杰奎琳·肯尼迪真势利,哪个丈夫有名有势,死后哀荣来得大,就葬在谁身边!"

"照西方的规矩,女人嫁几任丈夫,就应该挂几个姓,她葬在肯尼迪身边,是不是墓碑上还刻'杰奎琳·肯尼迪·奥纳西斯'呢?还是把第二任丈夫除了名?"

"奥纳西斯真倒霉,到头来身边空空,没有一个人!"

"你怎么不想想,奥纳西斯早葬在他前一任老婆的身边了呢?"

这倒使我想起一位女同事。

丈夫临终,把她叫到床边:

"你平常每个礼拜都要去做头发、修指甲,别因为我死了,就不再打扮。没有一个男人,会爱上邋遢的女人!"

丈夫又把儿子叫过去:

"我死了之后,如果你妈又找到了爱她的男人,你们可不能反对!"

说完,就咽了气。

隔两三年,这位女同事果然又交了男朋友,也是个丧偶的人。临结婚,她对我说:"你知道吗?我跟他结婚是有条件的,就是我死了之后,一定要埋回我上一任先生的身边。"

"他答应了吗?"

"当然!"女同事笑道,"他高兴还来不及呢!他早要说,一直不敢说,他也希望死掉之后埋回他原来的老婆身边!"

伴侣,伴侣,那做伴的成分,可能远大于做"爱侣"的成分。尤其是再婚的老伴儿,谁知道在自己或对方的心底,不是埋葬着一份过去的爱?

记得一位原本是神仙眷侣的老教授,在太太死去没多久,便再婚了。许多人怪他变得太快,仿佛过去的鹣鲽情深,一下子都反讽成虚情假意。

终于有个大胆的学生问了:

"教授,您对新师母和死去的师母,哪一位爱得比较深?"

教授只是一笑:

"自她死后,我的爱,也跟着她死了!"

这淡淡的一句话,说出了多少情怀!岂知道,这世上有许多人,很可能在初恋失败的那一刻,或年轻丧偶的那一天,便已经把自己一生的爱,跟着埋葬。剩下的只是身体,在人间过着不得不过的日子。那心中留下的只是情,不是爱。只是平静地响应着、累积着,却永不再炽烈、燃烧!

当然这种事,一般人是不愿明着承认的。譬如当我刚写完《遗忘多年的最爱》那篇散文时,拿给妻看,她就很不高兴地说:"怎么可能跟一个人,天天躺在同一张床上，心中最爱的，却是另一个人！"

她八成是怀疑我有什么影射。只是当我说：

"想想！如果我突然死了，隔一阵，你又找到可以做伴的人，你们结婚了！请问，你心底的最爱，会是那个男人，还是我？"

她不再吭气，眼睛里似乎立刻同意了我的看法。只是过了几分钟，她说："可不是吗？但如果那个男人是第一次结婚，就太不公平了！他心底的最爱可能是我，我心底的最爱却不是他。"

想起到祖国大陆探亲的时候，一位老先生的话：

"我很多朋友，都出了麻烦，这边早又娶了，那边却四十年守着没嫁，好多女人还因为丈夫在台湾，受够了批斗，如今终于熬出头，盼回了丈夫，丈夫身边却多个女人！"叹口气，"我那大陆的老婆，我没走几年,就饿死了。可是这两年,我身体不好,常想,要是有一天,我死了,到天国,看到她,两个刚团圆,我在台湾的老婆也跟着死了,追上来,怎么办?"他一摊手,把嗓门儿拉得好高,"我这是一世两妻啊!"

还有个故事说得妙:

一个人的太太早死,他跟着又娶了。两人养了一窝孩子,过得挺好。哪知道,过了几十年,这人死之前,居然坚持要埋到上一任老婆身边。

家人照办了。可又过了几年,第二任老婆也死了,也坚持要埋到丈夫身边。

埋葬那天,请墓地工人凿开墓穴,把老头子和前任老婆的骨灰罐往旁边挪出个空位,再把第二任老婆的罐子放进去。

老爷在中间,最后两任太太在两边,原本挺好的事,没想到第一任老婆生的孩子,带着孙子赶来了,

把 握 我 们 有 限 的 今 生

硬是不准第二任太太"就位"。

两边拉拉扯扯,一边要放上去,一边要拿下来。突然,"吧嗒,吧嗒"两声,老爷和新死太太的骨灰罐子全掉在地上。碎了!

怎么办?两罐骨灰打在了一块儿!全是灰灰白白的粉末,要分吗?不是这堆掺了那堆,就是那堆里有了这堆。

两家人全愣了!接着,又是"吧嗒"一声,第一任老婆的儿子,把他母亲的骨灰罐子,也砸了下去:

"要掺,全掺一块儿吧!总不能让我爸爸跟那个女人难分难舍,却要我娘孤零零地站在旁边看!"

三罐骨灰,成了一罐。两个老婆生的孩子相对一笑:"何必呢?全是一家人!"

有些经历死亡又复生的人,回忆当自己受重伤倒在地上时，灵魂却好端端地站了起来。然后发现许多人迎面冲来，无视于自己的存在，而冲向躺在地上的躯体。自己仿佛成了一团悬在空中的云，俯瞰下面的人们正在进行急救。

失去质的灵魂，不正像烟雾一般，可以轻松地交织、会合吗？就算有生时带来的怒气，那怒气伸出的"拳脚"，也将化作无形。至于凡间所有的爱意，在那交会之中，又会是何等泰然。

我很喜欢那个砸骨灰罐的故事，也很欣赏外国人在葬礼时说的"来于尘土的归于尘土"。

把一切生时的爱憎，都化作烟尘。肉体为尘，成为大地的一部分。心灵为烟，成为天空的一部分。于是你里有我，我里有你，成为永恒的和谐与安详！

把握我们有限的今生

吸吸、亲亲、抱抱

在《时报·人间副刊》发表《吸吸、亲亲、抱抱》,好几个朋友打电话来,说看了题目,觉得好暧昧。急着读完,才知道是写亲情,于是怨我拿"惊人之题"吸引人。

我一笑,说:"亲情,如果是至亲之情,当然常会暧昧。但这暧昧,却也是人间最原始、最基本,也最不可缺少的。"

从小，没有吸吸、亲亲、抱抱，我们怎么长到大？长大之后，没有吸吸、亲亲、抱抱，又怎会有下一代？即使我们死的那一刻，都可能是最亲的人，抱着我们穿上寿衣，抱着我们移上灵床。

今年暑假，有一天带着小女儿到码头上玩，小丫头不注意，一脚跌进了码头的缝隙。鞋湿了，膝盖破了。又痛、又怕，哭成个小泪人。

我抱着她，坐在码头上，为她把膝盖上的伤口吸干净。海水咸咸的，沙土涩涩的。突然想起四十年前，我的父亲也一样为我吸过伤口。

我亲亲小女儿，哄她说："不哭！不哭！爸爸吸吸、亲亲、抱抱！"

吸吸

看过一部难得的医学影片：

小小的胎儿，在母亲子宫的羊水里浮沉。娇嫩的肌肤像是半透明的琥珀，两条腿弯弯地蜷着，一双眼眯眯地闭着，一只手抱在胸前，另一只手，居然伸出个大拇指，放在嘴里。

一个才成形的胎儿呢！

他居然学会了吮手指，听着妈妈的心音，随着羊水而漂荡，多像一个在摇篮中听催眠曲、吃奶嘴的娃娃，安然地沉入梦乡。

梦里有什么？

有吸奶的满足吗？他从来不曾吃过奶啊！

然则吮吸手指，又代表什么呢？

这没人教、不必人教就有的动作，必然是一种本能了。

据说凡是哺乳类动物,都有吮吸的本能,他们别的肌肉可以慢慢发育,只有两颊和双唇,没出生就已经十分强壮。

所以常听妈妈们惊叹:"天哪!这娃娃一定是饿死鬼投胎,这么用力吸,吸得我奶头直疼。"

娃娃当然要吸,他要把整个世界从嘴里吸进去,他的眼睛睁不开,他的四肢还弱,惶然无助地躺在床上啼哭,大人不小心,碰到他的小嘴,哭声止了,小嘴噘起来,不断地吸,摇摆着头,挣扎着,用尽一切力量,找寻让他能活下去的——乳汁。

照心理学家佛洛姆(Erich Fromm)的说法,这乳汁的学问就大了。妈妈的奶是乳汁,爸爸的精液是另一种乳汁,爸爸给妈妈,妈妈有了娃娃,用乳汁哺养孩子,孩子长大,又发展出他们的乳汁,创造下一代。

于是这吮吸，就是生命传递的第一步了，是承继父母，也是开启未来。

那确实是开启未来。吮吸的经验，据说能影响人的一生。所以许多心理问卷，都要问幼儿时是吃母乳还是牛乳，吮吸经验的不满足，常会影响日后的行为。

即使是日后，哪一个成年人敢说，离开儿时之后，就再也不吮吸？

吃完母乳，吃奶瓶，然后在奶瓶里加麦片、加蛋黄、加果汁，许多孩子长到四五岁，还要咬着奶嘴或吃着手指，才能睡着。

然后，喝饮料时用吸管，吃面和棒冰也连咬带吸。

吸，毕竟不是咬，吸是温柔的，咬是破坏的；吸是不动声色的，带有隐秘性和安全感。你不见许多人，能面无表情、半声不响，却把手上整杯可乐吸得一滴不剩吗？

我常在快餐店,看人们买奶昔,粗粗的一根吸管,插进瓶盖上的小孔,不论大人或孩子,当他吸下第一口的时候,我可以百分之百读出他脸上的满足。

即使八十岁的老人,在他自觉与不自觉中,都必然沉入了儿时吮吸的经验。

实际人愈老,用的语言愈简单,记的时间愈短暂,一举一动愈稚拙,牙齿脱落、肠胃虚弱,也就愈来愈像幼儿。

几次去看垂危的老人,都见床边摆着高杯子,装着流体的食物,插着长长的吸管。我猜:莫非当有一天,我们返璞归真的时候,最后保存的本能和记忆,竟是在妈妈肚子里就会的——吮吸!

亲亲

"好可爱的娃娃,让张阿姨亲一个!"

"跟王妈妈说拜拜,亲亲王妈妈!"

"亲亲",大概是孩子们交际的第一步。

什么是亲亲呢?

那是两唇微微噘着,碰触到对方的时候,轻轻向里吸,然后在分离的瞬间,发出"啵"的一声。

必有人提出反对,说亲亲应该是两唇闭着,先向里吸,再突然张开嘴,于是发出"啵"的一声。

这说法,或许有理。但严格讲,他已经失去了亲的本质。君不见,那幼儿亲亲,声音不响,却能在被亲人的脸上,留下许多口水。至于情人亲嘴,更是纠缠吸咬,翻腾许久。有谁是两唇闭着,再突然张开,发出个声音,就敷衍了事呢?

只是,亲亲既然发展成了一种社交礼仪,人们对于声音和姿态的重视,就远超过本质了。

"亲一个!不行!不够响!再亲一个!"

即使是两三岁的娃娃,也很快就学会怎么亲得响。实际那已经不是亲,是自己亲自己。

然后,长大些,孩子开始知道怎么亲满脸胡子楂儿而不被扎,怎么亲厚厚脂粉的脸而不被弄白了唇。

更大一些,如果是女孩子,涂了唇膏,就要懂得怎么样用嘴角边的脸颊,在跟对方接触的一刹那,发出"啵"的一声,既不弄脏对方的脸,又完成了使命。

至于成人,那亲的规模就更大了。尤其在西方,参加交际宴会,随时要"摆"出个姿态,在四目相对的瞬间,猛吸一口气,亲切地叫一声对方的名字,再将两只手臂张开,冲过去,紧紧地拥抱,贴左颊、碰右颊。啵啵之声不绝于耳,然后,松开手臂,还要喘着气,摆着头,做成感慨万分地互诉倾慕之状。

这亲亲随着年龄,愈来愈壮阔,愈来愈响,也愈来愈假了,假得忘了什么是真正的亲亲。

亲，实际是一种吮，就像吮奶，哪个孩子在吮母乳时不带着深深的爱恋呢？

亲，也包括了轻轻地咬。情人们常说"爱你爱得想咬你一口"。所以恋人们在亲吻时，绝不是短兵相接，而带有了咬的动作。

亲亲就是吸与咬的混合。是吸，但不真吸；咬，但不真咬；是把最深的情爱，透过这两种动作的边缘，表达出来。

谁能说亲亲不是由人性深处发展出的动作呢？

二十年前，当社会还很保守的时候，曾有个报纸征答："为什么情人在接吻时，总是闭着眼睛？"

征答引起各方注目，据说获得第一名的答案是：

"想下一步应该怎么做！"

这答案固然绮丽与想象兼备，却忘记了亲吻的本质。请问哪个婴孩在吸奶时不闭上双目？或许有人要说，吸奶瓶时，孩子常睁着眼。这就更对了！因为吸奶瓶的时候，孩子的脸不贴着母亲的胸，少了这份温存，自然容易张眼。相反的，亲亲的时候，因为眼睛随着嘴唇，紧靠着被亲的对象，人的自然反应，会闭眼。

亲亲的时候，因为在潜意识中，产生吸母乳的联想，强化了那种温存，有了迷醉的感觉，所以闭上眼睛。

年轻时谈恋爱，女朋友对我说："你的唇好软！"

回家想了许久，谁的唇不是软的呢？那软是指实质，还是感觉？

几十年下来，观察多了，渐渐有了会通。原来同样是用唇去亲，却有许多不同。

母亲们看着怀里的娃娃，爱到骨子里，故意做成抖动的样子，露着牙，狠狠地亲娃娃一下。那是露齿的亲，表示爱得要死！

情人们彼此爱怜着,张着唇,厮磨着,可以不吮也不咬,却表达深深的爱意。那是以唇做的抚爱。

应酬的场合,即使不想亲,也得亲。于是把两唇向里收,虽然接触对方,却没真用到自己的嘴唇,只觉得一层皮紧绷着牙齿,是最虚伪而坚硬的亲亲。

若问我的记忆中,哪一种亲亲最亲亲。倒想起来,很久很久以前,有个女孩子离开,走出十几步,突然一转身、一弯腰,眯着眼睛,把双手在唇上贴贴,向前一伸,一吹……

只是一刹那,长发一甩,裙角一摆,笑容一片。

美极了!

抱抱

妻分娩,我陪着进产房。

经过一番挣扎,孩子顺产了。医生剪完脐带,把

把 握 我 们 有 限 的 今 生

娃娃交给护士,护士一转身,居然交给了我。

手上是热乎乎、黏渍渍、血淋淋,一个不停号哭、不断挣扎的新生命。

我先和护士为娃娃上眼药、量体重,又拉直了量身高。然后,护士把孩子擦干净,居然立刻交给了孩子的妈:

"好好抱着!让娃娃贴在你的胸口,听见你的心跳,感觉你的体温,好像在肚子里一样。别觉得你们母女一下子分开了,这第一次的拥抱非常重要。"

拥抱或许是人的本能吧!看那子宫里的胎儿,从成形的一天,就是蜷缩的。小手小脚和弯曲的身体纠缠在一起。这自我的拥抱,据说正是拥抱的"初形"。

然后,娃娃出生了,开始向外拥抱!

你不见,刚落地的娃娃,两只小手就会不断向空中抓吗?那抓的动作不是朝上或朝下,而是朝自己胸口抱。这时候，大人如果把手指头放在娃娃的掌心，就会发现他们已经有着惊人的握力。

拥抱甚至可以在无意识的情况下发生。重病的孩子，能抱着大人的脖子，跑几里的山路找医生。受了重伤的战士，能抱着马背，奔驰到几十里外的安全地带。

到达的时候，人还紧紧抱着，抢下来，很可能已经昏迷多时，甚至将近死亡。

有一位善于游泳的朋友说，当人溺水，就算你有天大的本领，也不能由正面游向他，因为那人在挣扎的时候，会抱住他抓到的任何东西。那力量是惊人的，你怎么拉也拉不开，最后很可能跟他一起沉下去。

"你可以从后面接近他，如果他已经不理智，就狠狠给他一拳，打晕了，再由背后用一只手搂着他，往回游。"朋友说，"永远别露出自己的正面，那是我们的弱点。"

他的话或许正触及拥抱的本质。

人的重要器官在正面,我们的胸腹最怕攻击。所以,手脚都往前伸、向内屈,从胎儿时期,就学会用蜷曲的姿势自我保护。

拥抱正是一种寻求保护的方法。

当我们拥抱着枕头,那枕头遮挡了我们的弱点;当我们抱着一个人,那人的身体成为我们的屏障。拥抱是自私的,希望用别人做挡箭牌;拥抱也是奉献的。

"亲爱的!让我用自己的身体来保护你!"

只是,当我们拥抱别人的时候,也就把自己最弱的"地带",毫无遮掩地暴露给对方。那与我们相拥的人,若背后藏了一把刀,必能轻易地置我们于死地。

正因此，拥抱就更表现爱与信任了。

据说灵长类是唯一懂得相拥的动物。而在灵长类动物之中，又只有人经过千万年的发展，终于能够相拥着做爱。有几人想过，这脸对着脸、心贴着心、腹连着腹的亲爱方式，竟是世间亿万生物中唯一的！

拥抱也因为情境和角色的不同，而有不一样的感觉。譬如父母拥抱孩子，是保护，是疼爱；孩子去拥抱父母，是寻求保护，寻求安慰。即使四五十岁的孩子，也能够在他老弱父母的拥抱中，找到那种童年的安全感。

只是，有位朋友对我说了一个故事：

"父亲住院好久了，他是那种不苟言笑的人，只记得很小的时候，他曾经在我摔伤的时候搂过我。以后的几十年，见到他，都像老鼠遇见猫似的，躲都来不及。

"最近一次去医院看他,已经是末期了。我坐在床沿,看护士喂他吃药,他还是那个眼神,冷冷的,好像怨我为什么坐在他的床上。突然他被水呛到了,护士为他拍背,推不动,叫我抱他坐起来。我迟疑了一下,过去把父亲的手放在我的肩上,搂着他,向前拉。

"他的咳嗽止住了,手却依然绕在我的肩头,他哭了!哭得像个孩子一样。抱着他,我也哭了!父子四十多年,我第一次发现,我们彼此多么需要对方的拥抱。四十年了,我突然发觉他不再是那个硬汉。他成了一个'人'!我的父亲!我的孩子般的父亲!"

小时候,我们被父母拥抱。然后,我们开始抱枕头、抱玩具、抱朋友、抱爱人、抱自己的孩子。

只是,我们可曾想过,有一天,父母老了、弱了,失去了安全感,成了孩子一般,他们需要我们的拥抱!

把握我们有限的今生

不属于别人的他

当我念研究所的时候,班上有两位同学谈恋爱,虽然一个住东,一个住西,但是每天下课,男生一定先陪女朋友坐公共汽车,再转地铁,把女朋友送回家。

交往了半年,男生买了辆汽车,正方便接送女朋友时,两个人却吹了。

"你知道我们怎么吹的吗?"男生说,"只因为我对她说'我特别为你买了辆车',她居然就冒起火来……"

女生也有理:"明明是为他自己方便,犯不着把责任都推到我身上,我可担不起!"

隔一阵子,男生泰然了,说话也变得缓和:

"吹了也好,吹了反倒轻松!不用再接接送送。"他把眼睛瞪大了问同学,"你知道吗?爱好辛苦啊!爱就是欠她的!"

相信轮回的老一辈说得妙:

"夫妻是前缘,善缘、恶缘,无缘不合;儿女原宿债,欠债、还债,有债方来!"

也就是那么多夫妻和父母,以怨怼的语气说:

"只因为我上辈子欠你的,这辈子就不得不忍气吞声地伺候你,你对我好、对我坏,我都逃不掉。"

把握我们有限的今生

"只因为你是我生的,我就不得不爱你,供你吃、供你住、供你上学,还要为你操心……"

我不止一次地听人们在吵架,把自己付出的每一分心力都列出来,然后狠狠问一句:"你怎么还?"

一个做律师的朋友,甚至在训孩子之后,会看看表说:"你知道吗?刚才我跟你说话的时间,如果算法律咨商费,要几千块钱!"

问题是,这样算下去,不是每个朋友和亲人,都可以用利来计算彼此的关系了吗?

在这个功利的社会,人们往往看实质,却忽略了那看不到、摸不到的爱。

爱是那么抽象,当你不知不觉中付出时,它是爱;当你想计算那爱的分量时,它就不再是爱。所以,当人们责难对方没有付出相等的爱时,自己的爱已经变了质。何况——

爱是无法用要求得来的。

当然也有境界高的人,能从另一个角度去想。

有个坚决反对体罚的朋友对我说:

"小孩子好可怜哪!你打他,他不能还手。所以我们打小孩,就像杀没有武器的人,是欺负他。做小孩真可怜,天生注定是我们的小孩,要乖乖听话,没有反抗的权利!"

另一个朋友说得更妙:

"从前有个富翁在过河时淹死了,尸体被下游的人捞起来。捞起来的人心想:'只有我捞到富翁的尸体,他的家属非找我不可,我可以好好敲一笔。'富翁的家人想得正相反:'我爸的尸体只有我们会要,别人躲都来不及,所以你敲不了我们的钱!'"说到这儿,朋友笑道,"你的孩子出了事,你不疼,谁疼?你的

把握我们有限的今生

老伴儿犯了错,你不原谅,谁原谅?如果你不疼爱自己的人,这世界上没有人会在乎,只有人会看笑话!"

亲人不正是如此吗?那么巧合地,他(她)就能成为我们的亲人,让我们疼,让我们爱,让我们关怀,让我们付出。

何必去想我们付出了多少,收回了多少?

只要感恩:

谢谢上苍,在这茫茫人海中,给了我那个不属于别人的他!

把握我们有限的今生

今生有情

遇见当下的自己

把 握 我 们 有 限 的 今 生

帮助残障人,是平凡而伟大的事业。

因为上帝的不公平,能让我们以爱来填平。

正常人不牺牲,怎么可能填得平。

心灵的接纳

带孩子去迪士尼乐园。假期，人多，在烈日下排着转来又转去的队伍，一个游戏常常得等上个把钟头，才轮得到。

脚疼，腿也酸。却见一个坐轮椅的人，在服务生的照顾下，另开一扇"方便门"，没有排队，就登上了游乐器。

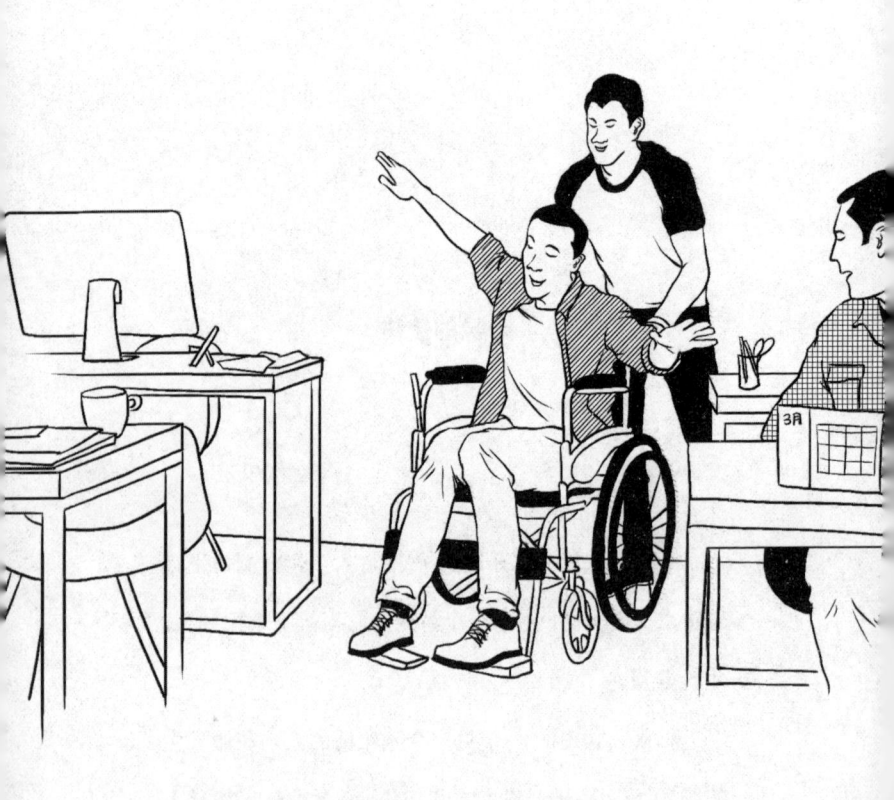

上千只眼睛看着,没有人表示异议。

在纽约乘公共汽车,常看到车子门边,写着"会跪的巴士",遇到坐轮椅的人,前轮向里缩,偌大的车子,果然跪了下来,使轮椅很轻松地就能登上车。

当然,这跪的动作,是需要时间的,上下车的人,都得等待。

每个人都静静地等,甚至过去帮忙扶一把,没有人急躁。

在我教书的美国校园里,常看见一辆特殊的车子,后面有一架升降机,专门接送残障的学生。

教学大楼的电梯,一般学生不准用,只有残障人和运送教具的老师,可以用钥匙启动。

"学校不能拒收残障人,而且从收的那天开始,

把握我们有限的今生

就得顾虑他们的需要。为了一个学生,可能得花几万美元,改善学校的设备。"入学部主任对我说,"残障人也有受教育的权利!"

台湾的电视节目,播出脑性麻痹专题。

一个麻痹患者艰难地一个字一个字颤抖着说:

"我去找工作,那家公司的老板同情地对我说:'你要坚强地站起来!'当他说这话的时候,有没有想想,什么事情能比我站在他面前,更来得坚强?我正勇敢地站在他面前,请他给我一份工作。"停顿了几秒钟,他伤心地说,"老板叫我回家等。我回家了,等了,没有得到通知……"

台湾残障联盟举办"开放空间残障体验游",许多残障人坐着轮椅在选定的小区公园行进。

原本认为已经十足考虑到残障的设施,居然一次又一次意外地发现"障碍"。

事后,残障人在杜德公园举行记者会,说出了他们的感想:

"我坐轮椅进入残障专用的电梯,却发现按钮高得无法摸到……"

"我坐轮椅进入所谓残障人专用的厕所,才发现里面小得无法转动……"

"长长的斜坡道,是设计得不错,偏偏到上面有个高高的门槛……"

"当我滑过长长的坡道,发现有辆车子,正停在出口的地方,我不能像一般正常人那样跳过去、跨过去,只好等……"

"我因为腿部残障,不得不骑特别设计的机车,有时候小孩看见,居然把我当取笑的对象……"

把握我们有限的今生

"在台湾的街头,除了买东西或是请人帮忙的残障人外,似乎自己出来活动或游玩的残障人并不多!"一位美国朋友对我说,"每个地区,都有一定比例的残障人,他们都到哪儿去了呢?会不会是躲了起来?"

"对我们残障人最大的帮助之一,是不要用特殊的眼光看我们;把我们当成你们中间的一个。"一位颜面伤残的人对我说。

"现在社会上的慈善人士,确实愈来愈多。但是平常不来,一到过年过节,就一批又一批地来参观;或是叫我们安排院童;四处接受捐助,接受采访、摄影,使孩子们疲于奔命……"一位残障中心的老师说,"帮助我们,但也请给我们安静!"

我常想,帮助残障人,是平凡而伟大的事业。

因为上帝的不公平,能让我们以爱来填平。

正常人不牺牲，怎么可能填得平。

帮助残障人，要用手、用心、用眼睛。

用关爱的眼、平常的心、总是伸出的手去帮助！

那手心不一定都要朝下，做成施舍的样子。更应该朝上，去欢迎，去接纳！

把握我们有限的今生

皮肤的触感

有一年在北京逛紫禁城,从后门出来,已经天晚了,眼看一群群旅行团登车离去,护城河边的小贩也收了摊,我却站在街头半个多小时,一辆车也叫不到。

心里正着急,一辆出租车适时地停在眼前。

"是不是要叫车啊?"司机摇下车窗问。

坐进车,疲劳全消了,反而有些莫名的兴奋,一路跟司机聊天。

"我这北京话地道吧?"我得意地问,"要不说是从外地来,您准以为我是本地人!"

没想到,司机哼了一声,从反光镜里看看我,大笑了起来:"算了吧!我一看您这皮儿,就不一样。要不是早瞧出您是外地来的,我这车,也不会停下来问您哪!"

事隔多年,也又去了北京许多次,可是每次重游,我都会想起那个司机的话。

难道四十年的阻隔,不但语音有了差异,连皮肤的颜色或长相,都有了不同?

总想起游武则天墓时,为我牵马登山的黝黑老人。问年龄,才知道还比我小好几岁。而他脸上的皱纹,几乎赶上我八十岁的老母了。

把 握 我 们 有 限 的 今 生

莫不是北国的风霜催人老,一代一代催下来,便愈容易老了?

也想起二十年前到兰屿,搂着一位雅美族人拍照,照片早不见了,却难忘他肩头皮肤给我留下的触感。

多么粗粝啊!我简直难以相信,那竟是一个三十岁男人的肌肤。

每次在电视里看见黑人政治家演讲或音乐家演出,我都想,如果不是白人把他们的祖先带到美洲,又如果没有世代的黑人争取种族平等,流血、流汗,他们能有今天的成就吗?

我又想,如果把他们送回非洲,与他们血浓于水的族人站在一起,会不会发现明显的差异?会不会连皮肤的颜色和触感也有了不同?

总想起小时候读过的童话故事，英俊的王子、美丽的公主，在平民的眼中是高不可攀的。他们似乎天生就有过人的气质和细腻的肌肤。他们似乎不必读书，就很有学问。他们是天生的王位继承人，万民的主宰者。

到美国之后，每次参加博物馆的宴会，跟那些所谓高级社交圈的人站在一起，也确实发现自己矮了一截。平均起来，他们真是比较高。道理很简单，一代一代挑选高挑的伴侣，加上营养充足、生活富裕，当然产生优生的效应。

于是我又想起兰屿，想到当年的统计报告，说他们平均寿命只有五十岁。也想到最近美国的报告，说黑人的寿命远比白人低。

他们是天生要短命吗？抑或是环境造成了他们的短命？如果把他们的孩子放到皇宫，作为王子，会

把握我们有限的今生

不会让我们眼睛一亮——没想到他也是一颗耀眼的宝石!

常想起《苹果安妮》那部电影。卖苹果的老妇人,在大家的帮助下,摇身一变,成了雍容的贵妇。昔日向人们推销苹果时卑微的笑,突然成为最含蓄的莞尔。

还有《乞丐王子》电影中,当乞丐误入宫廷,终于适应王子的生活之后,也就有模有样,显露出真正王子的丰采。

谁是天生就该为大的呢?谁天生就该是贵族呢?

每个人在自己眼中都该为大!每个人在父母眼中都该是王子、公主。

每次到乡间的学校演讲,孩子们用冰凉的手,颤抖着声音,来和我握手,说:"没想到能请您这样的名家，到我们这小地方来。"

我都拍拍他们，说："这是什么时代了，还去崇拜童话里的王子和公主吗？这个世界是开放的，没有什么城乡的差距。我们每个人都是平等的，没有尊卑之分。成功的机会是均等的，你们绝对要有信心，成为未来的主人翁！"

四十多年来，我去过许多地方，跟许多人握过手，看过许多不同的肤色，感受到许多不同的手掌的温度。

他们有粗似砂纸的，有厚实如大地的，有轻柔似羽毛的。

他们都使我想到植物，想到危立在山巅的松柏、簇拥在水边的杨柳，或是从砖缝隙钻出的一棵小草小花。

在我心中,他们只有遭遇的差异,没有身份的高低。

他们都很尊贵,没有卑微!

愈活愈宽

搬到乡下之后,空间突然大了好几倍。有一天工人来修暖气,我抱怨地说:"七个人,住这么大一栋房子,用那么多暖气,真是太浪费了!"

工人居然一笑:"我刚去过一户人家,才夫妻两口,房子跟你一样大,他们还嫌小,打算加盖几间呢!"然后好奇地看看我:"你一定是从香港或台湾来的吧?"

"我是从台湾来的,你怎么猜的?"

"我猜你一定是从很挤的地方来的,小时候生长的环境不一样,看世界的方法就不一样。"他笑道,"想想!你如果在澳大利亚长大,会觉得这里的地方太大吗?"

不知是否因为他的话有些伤了我的自尊,虽然事隔多年,他说的每个字,仍清清楚楚地烙在我的心上,我常想:

为什么小时候生长的环境,能改变一个人看世界的态度?难道所谓"岛民心胸",就是指这个吗?

我的一位连襟是荷兰人。有一次,我开玩笑地问他:"你们荷兰,跟台湾省差不多大,还有四分之一随时可能被海水淹没,人口只怕还不如台湾省多,你不觉得荷兰很小吗?"

岂知他笑了笑:"一点都不觉得!大西洋是我们前院,欧洲是我们后院,台湾省我们也去住了好一阵子,荷兰怎么会小呢?"

我突然发觉,这个小小荷兰人的心,居然是那么大。他们似乎从小就学会了与海龟争地,就学会了往外看。于是世世代代,用他们的心,领着他们的帆,到世界的每个角落。

他们也生长在小小的土地上,却用了很宽广的心看这个世界。

"在美国像坐监牢,真痛苦!"一位中国朋友对我说。

"美国这么大,你哪里不能去?为什么觉得像坐监牢呢?"我不解地问。

把 握 我 们 有 限 的 今 生

"因为我申请了绿卡,迟迟不下来,又规定不准离开美国国境。"

他叹了口气:"五年了!太太、孩子都在太平洋那边,我一个人在这儿关监牢!"

"你可以在美国国内四处走走啊!"我说,"去看看优胜美地,再看看大峡谷,还有尼亚加拉大瀑布,美国什么都有!"

"什么都有,也什么都没有!没有了家、没有了心情,万里晴空也是阴天,多大的土地都是监牢!"

他的话,使我想起在电视上看到的难民营的画面,一家老小,挤在一张床上,床上有床,床下还有床,那是一层层叠起来的床,每个床上睡了一家人。

那一家又一家的可怜人,却都在笑。

想起以前写的诗,其中一句:

"虽然外面的风浪这么大,但是看看、数数,一家人都在船上,也就心安了!"

小小一条船,能有一家人,这天地不也就很大了吗!

邻居老夫妇,家里原有四个孩子,每次开起派对,能吵得人彻夜难眠。曾几何时,孩子一个个大学毕业,嫁的嫁,跑的跑,一下全不见了。

又过了些时日,只见日日访客盈门,地产掮客穿梭,老两口儿把房子卖掉,搬到附近的公寓去了。

到他们的新居探望,不见了大花园,没有了水晶吊灯的大客厅,五间卧房突然换成了小小一间,心里有一种说不出的悲凉。

"住惯了大房子,会不会不适应?"倒是有不识趣的客人,问了我心中想问却不敢启口的问题。

老先生居然丝毫不以为意,豪爽地大笑着:

把 握 我 们 有 限 的 今 生

"哪里会不适应?我们两口子,一会儿去看看这个儿子,一会儿去看看那个女儿,一会儿去环游世界,在家的日子根本没几天。"说完搂搂他的白发老妻。

"年岁大了,要愈来愈活得开阔,不要以有形的东西为家。只有这样,将来死了,才不会觉得愈住愈小,住进小小的坟墓。而是以天地为家,自由自在地回到了天地之间!"

这世界真是妙,有有形的,有无形的。有形的在我们周边,无形的在我们心中。有形的虽宽,而心中不宽,便觉得很小。无形的宽阔,就算有形的局促,也觉得悠然。

最重要的,是人要愈活愈宽,宽阔到以天地为家!

把握我们有限的今生

心园七帖

遇见当下的自己

把握我们有限的今生

从小,我就爱种菜。常把母亲剁下来的菜根种在土里,然后在上面亲自灌溉——小便。

有些菜居然能再发出新叶,长成一棵"大菜"。只是,我的大菜绝不会再进厨房,它们是我从刑场上救下来的死囚,我再造了它们的生命。即使看着它们年老、死亡,我都会保护着,不让它们再进刑场。

植物的生生死死,给我许多感动。它们甚至比人的生死,更能感动我。因为我常可以看到小花小草的一生,却难见到人的一生。如同我们可以看到春发、夏荣、秋黄、冬凋的四季,却难见到人的四季。

小虫也是如此,我总能看着它长大、交尾、死亡。它们到时候便出现了。叫嚷一整个夏季,又不知不觉地,在某一个寒冷的夜晚之后,消失了踪迹。

人常感怀岁月。岁月常在小草、小虫的变化中被发现。一直到今天,我还总是在小草、小虫出现时忘了岁月,又在它们消逝时感怀岁月。

心园七帖,讲的不是奇花异卉,而是凡花野草,以及其中的小生灵。它们都是我的朋友、我的老师。如果您觉得我还有那么一点点慧心,那慧心便在"一点点"之间。

把 握 我 们 有 限 的 今 生

当藤蔓爬上须眉

小时候看图画书,说非洲有一种"杀人藤",不小心走过的人,会被从上面突然伸下来的藤子缠起,缠到空中,被肢解、消化,成为藤子的食物。

插图更可怕,除了画一个人被十几条藤蔓五花大绑在空中,还画了一个人前去救援,挥刀砍断了几条藤子,流出的居然是鲜红的血水。

从此，看到藤子，就有种恐怖的感觉。不过对一个小男孩来说，恐怖毋宁说是神秘，神秘就变得格外有意思了。

所以，碰到藤子样的植物，我一定会特别过去观察，再加上自己的想象，编织些吓人的故事，吓女生。

学校附近有户人家，院子里长了几株紫藤，春天走过，一片香。只是紫藤的香味比较怪，有点"动物味"，还好像是"腊肉香"。再看那数十年的老藤，盘根错节，扭来扭去，又缠东西，一副鬼里鬼气的样子。我便想：这实际是条吃人的老藤怪，因为吃了人肉，所以连花的味道都不对。

故事传出去，好多同学下课，都要攀到那家墙头，看"老藤怪"。主人出来，就吓作鸟兽散。说老藤怪变成精，要出来吃人了。

少年时，不再那么胡思乱想。但对藤蔓总多些兴致。我常想：藤子是植物中的动物，别的花草，种在哪儿，就在哪儿，一辈子搬不开半步。只有藤蔓，可以一路爬，爬上墙，爬上屋顶，高高地，开花，结果。

我最喜欢看瓜藤。有时候看它的藤须朝东，我会故意在西边插根竹竿。妙的是，它仿佛长了眼睛，隔一天去看，已经转了一百八十度，好端端地缠在竹竿上。

我也常引道瓜藤，硬把它已经缠好的卷须，慢慢像解绳扣似的打开来，再换个地方，而它照样缠上去。这工作很有意思，因为我仿佛在系绳子，那绳子却是个生命。这是一个动物和植物的合作，我动的时候，它不动；我不动的时候，它偷偷动。

大学时，学现代舞，有一次老师要大家双手摸着墙，想象自己变成了藤蔓。

"用感觉！用感觉！"老师大吼着，"想象你的手指变成了吸盘，吸在墙上，想象你可以吸着墙，一步一步往上爬……"

怪了，我真觉得自己的手指尖有了吸的力量，觉得自己成了一棵藤。

回家，我写了首诗，其中一段是：

当有一天，我坐忘了，

一根藤蔓攀上

我的须眉……

诗发表，有的同学笑说："藤子再有本事，也缠不住毛茸茸的东西啊！"

我也一笑，不知如何辩解，本来嘛！那只是一种想象。

直到今天，在我的小园中，我的想象居然成了真。

一根我种的黄瓜藤，已经攀到了最高处，居然还不满意，硬是抓住一条从屋檐垂下来的麻绳。

只是麻绳的尾巴，一丝丝，如同散开的须发，平常总是随风摆动，难得静止。这黄瓜的藤须，该是何等的敏锐？先探到那麻绳的存在，再悄悄地接触，以最快的速度缠上，且缠了又缠，成为麻绳的一部分。

于是，我想，有一天我若真在藤下静坐，久久地、久久地，不动。说不定，真能有一茎藤须，缠上我的须眉。白色的须，翠绿的藤；一老，一少；一个将残，一个新生。

那会是多美的一种风景！

把握我们有限的今生

端丽的平凡

七夕,中国的情人节。

太太下班回来,我端了一盆小花送给她。

"好漂亮的小白花啊!"她笑着接过,"什么时候种的?"

"早种的!春天播的种,长出好多,挑了一棵种在盆里,终于开花了!"

"真的吗？什么花啊！好秀气，以前没见过呢！"

"真没见过吗？"我把花端近些，"你仔细看看！"

"哎，又有点眼熟了……可还是想不起在哪儿见过。"

"在盘子里！"我说，"炒一大盘、一大盘的……"

"甘蓝菜！"她叫了起来，"是甘蓝菜吗？可是，这花，这根本像一盆花嘛！"

什么是菜？什么是花？

是花的，能不能成为菜？是菜的，能不能作为花？

春天赏芍药，有谁想到它的根，是一味治痢疾的良药？

母亲节画萱草，有谁想到那也是盘中的黄花菜？

夏初看油菜田，连天铺地的一片艳黄。

城市的过客大声喊着:"看哪!好美的花海。"

田里的农夫却笑道:"真没见过世面,这只是油菜田!"

是不是从远古以前,当我们的老祖先,抓起一种草,尝一下,说好吃,于是千年万代地,这草就成了人们眼中的菜?

是不是当神农入山林、尝百草,发现哪种草可以治病,于是传下去,它就永永远远地成了一味药?

是不是英雄就永远要是英雄,美人就永远要是美人?最伟大的英雄与绝世美女,就理当"不许人间见白头"?

可是英雄也可能出身草莽!

美人也可能是溪畔浣纱的平凡女子!

皇帝也可能是庙里撞钟的小和尚!

和氏璧也可能被一而再地认作一块平凡的石头!

如此说来，大家又为什么用一种眼光来看东西；用一个定义，去限制对方呢？

每一个看似平凡的小东西，都有它不平凡的地方，愈是没被发掘的，愈有着无限的可能！

如同我把这棵小小的甘蓝菜，从千百株菜苗里挑出来，种在红砖盆的沃土里，浇灌施肥。又将她放到百日菊的花丛中，让她被簇拥着，让她细长的身子，不致倒下。

于是，当她的同胞兄弟姐妹，都早成为我的盘中飧时，她却撑开丰实的叶片，伸出婷婷的花茎，绽放出一串莹洁的花朵，让我供在窗前，细细欣赏她的端丽之姿，且发出许多感怀与喟叹……

把握我们有限的今生

香 草

小时候最爱吃香草冰激凌,也就对"香草"那两个字,有一份特别的美感。

"香草冰激凌,什么是香草?"我总是问大人。

"香草!香草!就是一种香香的草,有香味的草!"大人总是这么回答。

于是,每次面对青青的小草,我又多了一份想象,想那些小草当中，一定会有香草，发出像冰激凌一样的芬芳。

只是，穿过童年，穿过无数的草丛，也把各种小草折了又折，把叶子搓了又搓，我仍然没有发现一棵梦中的香草。

高中，读了《离骚》，那个投汨罗江的屈原，写了一大堆奇奇怪怪的名字——杜衡、芳芷、申椒、菌桂。台上的老师手一挥："这些都是香草，比喻贤人君子！"

我就更迷惑，甚至有些不平了：

"为什么屈原一天到晚看香草，我却一棵也没见过呢？"

直到四十岁，搬到长岛。

前任屋主大概很懒，房后墙边野草丛生。搬家的第二天，我就忙不迭地动手清除。

草深已过膝了,有些高达一米,顶端居然还开着细碎的小花。

我戴着手套走进去,打算把它们连根拔掉。只是,才弯身,竟发觉自己坠入了一片香雾之中。

多么清凉啊!柔柔的、细细的,如同那一层层薄薄透明的叶片,从四面拥来。这看似杂乱的草丛,竟是我寻了四十年的香草!

打电话给前任屋主。

"那是薄荷和甜紫苏(Sweet Basil),千万别当野草拔了!"她笑道,"不过长得太多的时候,还是要拔的。所幸,香香的草,就是香香的草,你一边拔,它一边香,连让你拔,都给你香!"

突然想到行吟江畔的屈原,当他步入瘴疠的杂草丛中,会不会惊心地嗅到一沁幽香,由一根看似平凡的小草散发出来?即使正踏在他的脚下,即使正被折断!

在读《离骚》三十年之后,我终于了解——

香草为什么是乱世中的君子。

把握我们有限的今生

谢谢虫

教女儿唱《西风的话》:

花少不愁没颜色,我把树叶都染红。

"西风真好!"女儿说,"它会画画!"

带女儿看童话书：

> 一棵光秃秃的树，伸着枝子向天，哭着说：
> "我一贫如洗了！"
> 老天就落下白花花的银子。

"老天真好！"女儿说，"它好慷慨！"

为女儿说故事：

> 从前有个人上京赶考，住在旅馆里，看到有只蚂蚁掉到油灯里要淹死了，就用牙签把蚂蚁救了出来。
> 那人接着进考场，慌慌张张把个重要的字少写了一点。当主考官批卷子的时候，发现有只蚂

蚁硬是爬到考卷上,站在那个"点"的位置不下来,把蚂蚁拂开,它跟着又爬回去。

"蚂蚁真好!"女儿说,"它会谢谢!"

带女儿走到花园里。

暮秋了,春光灿烂的芍药,只剩下干枯的茎,在风里摇摆。

令人惊讶的是,在那已经焦黄泛着黑斑的茎上,居然新生了几片嫩芽。

多么翠啊!仿佛早春的新绿。问题是秋风已经肃杀,这新绿是不可能的啊!

走到花前细看。

是嫩叶!有叶脉,还有小小的叶柄。

探手过去。

叶芽突然从枝头跳起来,飞不见了。

守在不远处,隔一阵,那几只绿翼的小虫,又飞回原来的枯枝,静静地、一动不动地站着,好像负有使命,去扮演小小的叶子。

"小虫真好!"女儿说,"它也来谢谢了!"

从那天起,我们便管那翠绿翅膀的小虫叫"谢谢虫"!

把握我们有限的今生

垂头的母亲

电视报道：

一个孕妇被丈夫打得遍体鳞伤，头背、四肢上都是瘀血，神妙的是：胎儿一点没受伤。

"自我怀孕，他总是打我，我不能让孩子受伤。所以每次他一动手，我就躲在墙角，蹲下身，蜷成一团。"孕妇哭着说，"他的拳脚像雨点一样，打在我的

背上、头上，我的手臂和腿也受了伤。但是我撑着，绝不转身。当他打够了，停手了，我心想：感谢上帝！我的孩子没受到伤害。"

院里种了几棵向日葵，当开花时，就像一群戴着黄色荷叶边帽子的女孩，望着天空。

太阳或许是向日葵的爱人吧！女孩总是举首向着爱人。从树林那边，朝阳透出点点金光，到海湾的那一侧，夕阳缓缓地沉下去。

太阳总是向日葵的"盼望"。

我常想，向日葵就是地上的小太阳，它是太阳能的接收器，吸收阳光的养分，所以那么灿烂。

只是令人不解的是当花瓣凋了，向日葵的花盘开始结实，那花就不再仰望，反而渐渐低下头，成为垂首沉思的样子。

"你正在结实,应该更需要阳光才对。"我好心地将其中一朵,用木棍支撑起来,成为仰望的姿态。

于是,无论艳阳高照,或是强风骤雨,那朵被撑起的花,就格外出众了。

当其他的向日葵都低着头,像是失恋的人,在风雨中摇摆时,被撑起的那朵,仍然是昂首之姿。

终于到了收成的时候。

由垂头的花盘收起,每一朵都有成百上千颗种子。心想那仰首的,当必更为丰实。好戏要压轴,我特别把那一朵留到最后——

兴奋地站在高高的椅子上,把花盘摘下。可是还没走回地面,我已惊吓地把花扔了出去。

一摊黑水溅开来,整个花盘四分五裂,许多小虫蠕动着。难道这仰首向天的花盘,因为雨水聚在其中,无法流出,反成为小虫滋生的温床?

把 握 我 们 有 限 的 今 生

回想那在风雨中垂头的向日葵,我突然领悟了:

它们多么聪明!用自己宽大的花托做伞,使雨水怎么也流不进面朝下的花盘。

就这样,它们放弃开花时的华美。垂着头,不再仰望阳光,不再企盼爱情。只是偷偷地、隐忍着,等待孩子的长大。

看电视上那位浑身伤痕的孕妇,让我想起在风雨中垂头颤抖的向日葵。

多么卑微又伟大的母亲!

狮子的牙齿

从小,我就爱看蒲公英。

我尤其喜欢卧在夕阳下的草地上,看毛茸茸的蒲公英。阳光从另一侧射来,把白色的绒球照得耀眼,那是一个由许多小伞组合起来的完美的圆。每个小伞,都带着一颗种子,风一吹,就飘向远方。

看着草地上成百上千个圆,等着成熟,等着风,我就想：

"蒲公英在晚风里祈祷，盼望明天有个美丽的旅程。"

后来，我去了美国。美国的住宅区，家家有草坪，草坪上常开着小黄花。

他们管那植物叫 DANDELION，是由 dent de lion 变化出来的，意思是"狮子的牙齿"。

蒲公英的叶子，一大齿一大齿的，不正像狮子的牙齿吗？美国朋友说它的叶子可以做沙拉，根晒干磨成粉之后，可以当咖啡。

"花呢？"

"花有什么用？讨厌死了！"

不知为什么，美国人都讨厌蒲公英，除了春天要洒药，早早除去这所谓的杂草，甚至贩卖一种专杀蒲公英的罐装喷剂。

只有我，看一片青草间，泛出点点黄花，不但不紧张，还有几分欣喜。在那单调的绿色间，能点缀些蒲公英，不是很美吗？

我也常想起童年时做的一个梦：

我缩小了，抓着一把蒲公英的小伞，被风吹起来，飞到一个陌生的国度。

我觉得自己就像是蒲公英，飞过太平洋，在这块陌生的土地上生根、茁长。然后又开了花，撑起另一球小伞，乘着风，飞回我出生的地方。

今早，我到院子里走一回，摘了一把蒲公英花，插进中国青花瓷的小瓶子，放在台灯前，又把个日本京都的柿子瓷瓶点缀其间。

然后，我坐下来，静静地凝视。

多么端丽啊！这一丛小小的黄花。有谁相信，它竟是微贱平凡的蒲公英？

把握我们有限的今生

雪昙花

你知道吗?这世上除了夜昙花,还有日昙花。

日昙花是红色的,不论花形或叶片,都跟夜昙花差不多,虽没什么香味,却能一开好几天。

我邻居老太太就种了一棵日昙花,有一次我惊讶地看到,告诉她我也有一棵,是夜里开的。她居然露出很奇怪的笑,放肆地大声说:

"哦！就是那种半夜开一下就完蛋的东西！"哼了一声，"不知开给谁看的？连太阳都没见过！"

说实在话，我当时心里很不服气，想顶她一句：

"开给我这种夜猫子看哪！而且，我就欣赏昙花一现，现给那抓得住机会的有缘人！"

倒是她说的"连太阳都没见过"这句话，让我想了又想，真为我那丛昙花有些惋惜。可不是吗？太阳多伟大！阳光多么美！如果我是昙花，我也会觉得遗憾的。

只是，问这世上，有哪一朵夜昙花能苦撑着，等到旭日东升呢？她们总是由晚上八九点钟开始绽放，到午夜时分，成为最盛开的姿态，然后，维持不过一个小时，就又迅速凋萎。

不必等到清晨，满树的昙花，都已经垂下，像是遭到宰割死亡，又拔光毛的鸡，被挂在枝头，风干。

把握我们有限的今生

想那花的一生,由叶片间探出个不及米粒大的小花蕾,到一日日长大,成为小黄瓜的样子;再逐渐染上一抹淡淡的红,开始弯曲,像个钩子,终于丰实饱满,在某个不为人知的夜晚,绽放出莹洁的花瓣。

这长久的经营,只为那昙花一现。那一现又不为授粉,不为结实,不为招蜂引蝶。

她到底为了什么呢?

或许因为我的花窗日照充足,也可能是等不及吧。今年二月,外面还是冰封雪冻,我的昙花居然绽放了。

"多么幸运哪!"我对那朵花说。接着打开院子里的灯,把花抱到室外:"你居然可以见到冰雪了!"

说着,飘下霏霏的细雪,灯光下,雪花像鹅绒。剔透的花瓣,竟然晶莹得如同一朵冰雕。

"何不让这美丽凝固,使她不再闭合?"我突然触动了灵感。于是把那朵花摘下,挂在松枝间。

寒风、小雪,花上结了一层薄冰,她果然凝固了。

清晨六点,我揉着睡眼,冲到院中。

隔着寒林,曙光已经出现,把一条条长长的树影,画在白皑皑的雪地上。

她,依然盛放着,如同子夜。也依然芳香,如同初绽。我为她调整方向,面对着东升的旭日。让淡黄的阳光,浸透她的全身。

多么幸运的你啊!一朵见到冰雪,也沐浴了阳光的夜昙花!

生命可以无所谓而来,但是不能无所见而去。

生命可以短暂,但是不能不超越。即使冬日的冰寒,远比夏夜的和风痛苦,我仍将选择前者。

让我在冰雪中升华,让时光在我前面静止。让我看一眼!即使只是一眼!

我将无悔!

把 握 我 们 有 限 的 今 生

今 生 有 憾

遇 见 当 下 的 自 己

把握我们有限的今生

我将很难忘怀,临行时女儿的那句话:
"我不去,可是我会想你!"
我也相信,有一天我会对她说:
"我不得不走,可是我会想你。"

再会吧！我的爱！

去年春天，带女儿去迪士尼乐园，逛到挪威馆前，突然下起倾盆大雨，没处躲，只好钻进旁边的挪威馆，顺便用了午餐。

不知是因为去的时候不对，还是挪威食物本来就难吃，那顿饭，真是食难下咽，小丫头尤其不适应，没吃几口就停了。

把握我们有限的今生

这挪威餐馆的经验,居然在一年之后产生效应。今年夏天,当我问她要不要去挪威玩的时候,小丫头想都没想,就摇了头,扮个鬼脸说:

"不去!东西太难吃!"

出发当天早上问她,还是不去。

只是,我和妻临上车,小丫头却大哭起来。

我把她抱起,交到她哥哥怀里,她哭得更凶了。

"你不是说你不要去吗?"我问她。

"我是不要去。"小丫头哭着喊,"可是我会想你们啊!"

我又问:"如果现在给你报名,立刻走,你去不去?"

"我还是不去!"

挪威最美的是狭湾。十二天的旅程,居然坐了八次船。

两岸峭壁插天，山顶是白色的冰河，山下是深蓝的涧水。一条能载几百人的大船从中间滑过去。像是个小小的玩具船，拖过一片蓝色的绉纱。

船速很快，狭湾里的风很凉，但是游兴正浓的旅客，仍然聚在船顶的甲板上。妙的是，穿着鲜丽衣服，背着旅行包的年轻人，总是站在船头。有些人还把身子倾出去，迎着风，看前面移来的美景。年老的一群，则总是挤在船尾，即使朝前坐着，也特别把头转过去，对着逐渐消逝的景色和水花。

"欣赏来的风景，是壮怀；欣赏去的风景，是缅怀。"我对妻说，"缅怀有什么不好呢？年轻时在船头没看清的风景，年老时可以在船尾好好欣赏。"

有一天，身边坐了一对老夫妇，带了个年轻的小

把 握 我 们 有 限 的 今 生

伙子。大概年轻人要远行,老夫妇特别送一程,一路上不断地叮嘱,做母亲的还一个劲儿地为儿子拉衣襟。

船一站站地停,旅客们上上下下。老夫妇不得不下船了,年轻人特别搀着二老上岸,又赶紧跳回船上。

船动了,老太婆沿着码头追,一面咕咕哝哝地说,一面摇着手帕,一面抓紧自己的皮包。一下子抬头看年轻人,一下子注意脚下码头的绳子。一步一跳,好几次,都差点儿摔倒。

最后,她不得不停在码头边缘,回身,抱住了老伴儿。

又有一天,看见一对年轻夫妻牵着孩子,送两位白发老人上船。

船嘟嘟嘟嘟地走了,年轻人不断挥手,小孩子放声大哭。渐渐,手不挥了,做父亲的抱起小孩子。

这边,老太太则哭进了老先生的怀里。老先生拍着老妻,面无表情地看着消失的孩子。他的眼里没有泪,满是坚毅,一个男人面对生命的坚毅。

一位老同事,在孩子外出留学之后,对我说:

"滑稽不滑稽?我女儿临走抱着我哭,叫我说服她,叫她不要出去。她要是能不走,还需要我说服吗?她要是非走不可,我说又管什么用?"恨恨地,好像有一堆讽刺,"她抱着我哭,哭完,一转身,就去收拾行李了,剩下我在哭。"

还有个朋友说得妙:

"女儿小的时候,说她将来绝不嫁人,要一辈子陪我。后来说嫁了人之后,还要跟我住。再大一点,改口了,说嫁人之后,要住得离我近点。结婚之前,又改口,说以后会经常来看我。现在呢?说得好!叫

把握我们有限的今生

我常常去看她。"

也记得三年前,儿子进大学的第一天。

妻和我送他去住校,先和他把行李搬进宿舍,为他移动床的位置,还帮他铺床单。再到校外,请他吃了餐饭。

离开时,儿子送到校门口,站在路边,看着我们的车开走,我回头,见他已经穿过马路,正在安全岛上,盯着来车,准备跨过另一边。

突然想起他小时候,牵着手上学,教他怎么先看左边再看右边。连现在看他过马路,都让我有点担心。

"他居然没多看我们一眼,就过马路走了。"我对妻说,"我有一种好怪的感觉,到底是他离开了我们,还是我们离开了他?又或者,因为他已经是他,我们还是我们?"

总记得老电影里,送人坐轮船远行的画面。

码头上万头攒动。一条条彩色的纸带,从船上远行者的手中抛下来,由送行者接住,拉着彩带的这一头。

便见那船像是穿了草裙,扯着千百条彩带,也扯着千百条心。

终于,船起锚了。

手在挥动,彩带在飘舞。一条条支持不住,拉断了,断在风中……

纸带是那么脆弱,怎能拉得住大轮船呢?远行者是那么非走不可,岸上的人怎能留得住呢?

生命多像是一条长河!

长河不断地流,载着我们向前走,直到我们走不动,下了船,看年轻人继续他们的旅程。

长河也可能通向下一世,当时间到了,我们不得

把 握 我 们 有 限 的 今 生

不上船,告别亲爱的人,荡到生命的彼岸。

老一辈留不住年轻人,年轻人也留不住上一代。

到时候,就得走,这本是生命的定律。

我将很难忘怀,临行时女儿的那句话:

"我不去,可是我会想你!"

我也相信,有一天,我会对她说:

"我不得不走,可是我会想你。"

如果他长大

一转眼,小女儿已经五岁了。每次看白雪公主的卡通片,就吵着要去迪士尼乐园。每次提到迪士尼乐园,就勾起一段我不愿想起的往事。

七年前,妻怀孕了,看见窗外大雪纷飞,儿子又吵着要去迪士尼,我说:"去玩玩吧!等生了娃娃,就好几年没法动了。"

把握我们有限的今生

于是,一家飞去了佛罗里达。

迪士尼很大,加上更大的"未来世界",真有玩不尽的感觉。所幸才怀两个多月的身孕,妻还能走,腰都直不起来了,还坚持玩完"小飞侠",才回旅馆。

飞机上,她的腰更酸了,回家第二天,半夜突然拍我,哭着:

"孩子保不住了。"

睡眼中,看她掀开被,一摊血水……

那一天,正是我的生日。从那天起,我不再过生日。我常想,必然是自己犯了错,遭了天谴。不早不晚,让我孩子在我得到生命的那天,失去生命。

虽然隔一年,妻又怀了孕,而今孩子已成个小公主的样子。每次提起那失去的娃娃,我还是忍不住地泪下。

虽然我没见过他,甚至没听过他的心音、摸过他的胎动。可是,我知道,我曾经有个孩子,在那冰雪的夜晚,没有啼哭,甚至没有挣扎,更没看我一眼,就永远地离我而去。

可是,我好想他,好想知道他的模样,好想让他偎在怀里。

想起丰子恺的散文,写他早产的孩子,粉白的皮肤逐渐变凉。只是胸部跳动一下,便安静地躺在产床前、父亲的怀里,睡了!

我多么羡慕丰子恺,虽然他的孩子死了,可是毕竟见了一面。如同他在文中说,孩子能来到这世间,即使是短短一瞬,却又与数十年人世间的因缘,有什么差异?一个还没知觉的孩子,一个初做父亲的父亲,没有语言,却有千万的感觉,像触电般,在他们之间流动!

那感觉将是何等的温馨、遗憾,又带着几分

把握我们有限的今生

凄美!

那一瞬,何尝不是永恒?

有个年轻时风流倜傥的学生,不知交过多少女友,不知"拿过"多少孩子。居然东挑西拣,拖到近四十才结婚。他的新婚妻子也不小了,挑明了说,是为生个孩子才结婚。婚后二人也就加倍努力,希望早早"做人"成功。

问题是,几年过去,都没消息,只好求助妇产科。

他的妻子每天定时打针、照超声波看卵子成熟的情况,又化验血液里的 E2 值。钱一把把地花,医院进进出出。每次我打电话过去,都战战兢兢,怕听到冷冷的、伤心的声音。

每次检查,发现试管婴儿又失败,他妻子就哭,哭完两人便吵,吵完几天不说话。然后,又开始往医院跑。

有一天,学生一个人来,坐在沙发上,半天不吭气,突然号啕大哭。我盯着他看,没起身,也没说话,让他好好发泄。

哭了一阵,停了,他低声,一个字一个字地说:

"我今天碰到以前的女朋友,那个为我拿过三个孩子的女朋友。"

"她还没结婚吗?"我问。

"不!结婚十年了。"

"过得好吗?几个孩子?"

他突然又蒙头大哭了起来:"她没孩子,我们是在医院碰到的,她也在想办法怀孕,但是,恐怕过去伤得太厉害了……"

有一天,去找个妇产科医生的朋友谈事情,他正

把握我们有限的今生

好做完手术,陪我一起走出诊所大楼。

他手上提个黑色的塑料袋。我问:"那是什么?"

"垃圾!"他说。

"垃圾为什么不留给大楼里的清洁工?"我不懂。

"不能!因为这是医疗的垃圾。"他比了个很奇怪的手势,"没办法,为人消灾!"

他的话,突然让我想起大学时代,一位修习密宗多年,很会看"气"的朋友。有一次去某机构办事,办事的小姐不太客气。他临走,突然转身,低声对那小姐说:"你才拿掉了孩子,还不敦厚一点,养养气?"

据说那女人吓得立刻苍白了脸。

"你怎么看出的?"我问。

"我当然看得出,甚至能看出几个孩子。那是几道暗暗的气,永远跟在她的头上。"

他的话太玄，也有点迷信，我不愿意相信，但每次想到妻流产的那个孩子，就觉得他依然在我身边。

也总记得那天夜里，急诊室的医生说：

"可惜！孩子掉了，是个男孩！"

我很不高兴地说："既然已经没了，你又何必告诉我是男还是女！"

医生一笑："让你能够想象，他可能会是什么样子！"他拍拍我，"当日子久了，你老了，你会想想这个失去的孩子。那时候，你别的孩子都大了，只有这一个，在你心中，永远长不大，你会永远怀念他、爱他！"

今天，接到心脏病儿童基金会寄来的《儿心会刊》，读到里面一个失去爱女的母亲的来信。我的泪止不住地落下来。信是这样的：

把 握 我 们 有 限 的 今 生

今天的天气变得如此阴霾,新竹的风,呼啸犹哀号,似乎同我一起悲痛着。

上个月爱女在新光医院接受心脏血管转位的手术,当天正好满两个月。不幸,第二天就离开了人间。她带着伤心走,留给我的是痛心;心疼的是她在加护病号,表现得那么勇敢坚强,我感受到她的求生意志……直到,一针麻醉剂,长达八小时的手术;输血、心脏按压、急救后仍挽回不了她那脆弱的小生命。初为人母的我,还来不及感恩于上苍赐我一聪颖、皮肤白皙、体重达四千克,又能自然顺产的女娃时,就剥夺了她的生命。但我相信她在天堂里是个美丽快乐的小天使。

至涵!妈咪永远记得有你这么一位乖女儿。

谨以爱女遗留的一些金饰,帮助心脏患童

(我一直不愿承认是"病童"),愿他们——

长命富贵。

这才出生便夭折的小女孩叫李至涵,她的父母把亲友送的满月纪念——福字金片、手链、长命富贵项链和紫水晶项链,全部捐给了心脏病儿童基金会。

我打了电话过去,征求他们同意,刊出这封信,并安慰他们说:

自己走的孩子,不论是早产、小产或早夭,都会是快乐的"灵",跟在我们身边,让我们一生领着他,也用一生去怀念,去想象——

他如果长大,会是什么样子?

把 握 我 们 有 限 的 今 生

人到中年恨难忘

到朋友家做客,正巧女主人在厨房发脾气,一个劲儿地骂,使我有点尴尬。

"是不是孩子闯祸了?"我问。

"不是孩子,是我岳母。"朋友一耸肩,"老人家,手脚不利落,把油瓶打破了。"

隔一阵,女主人收拾干净,气平了,抱着小女儿陪我聊天。一面聊，一面不停地亲女儿，说这小丫头最贴心，陪妈妈上菜市场，会帮着提东西。

由于是熟朋友，我就半开玩笑地问：

"你希望女儿贴心，刚才你这个做女儿的，却当着孩子怨自己母亲，不是有点儿矛盾吗？"

"这有什么矛盾？"女主人居然笑道，"我对女儿从不乱发脾气。但小时候，我娘总对我莫名其妙地责骂。我是被打大，不是被疼大的！"

我怔住了，不知怎么接话。

"你才九岁时，父亲就死了，却留给你那么多记忆，写成那么多文章，真让我羡慕！"一位读者对我说。

"难道你父亲没留给你许多回忆吗？"我问她。

"有！但不是好的回忆。回忆里，我爸爸总是板

把 握 我 们 有 限 的 今 生

着脸,小时候我在后院玩,只要听见屋子里父亲重重的脚步声,就吓得不敢大声讲话。"这位读者说,"尤其是家里有了弟弟之后,他一下班就抱着弟弟四处串门,然后回到家却看我和姐姐不顺眼。我一直到今天,都记得他一手抱着弟弟,一手拿着藤条打我……"

我在纽约的绘画班上,有个五十多岁的学生,总是来上课,却总是不交作业。

"我的老妈妈又病了,其实不是什么病,是心病!变得像小孩似的,使我一天到晚往妈妈家跑,没时间画画。"她抱怨地说,"真奇怪,妈妈老了,我不再是她的孩子,反成了她妈妈,帮她穿衣服、洗澡,还要喂她吃东西、说故事!"她停了一下,笑道,"不过想想我小时候,她对我好,就没话说了!"

人入中年，渐渐了解什么是"哀乐中年"。

哀乐中年的人，有了钱，可以上昂贵的餐厅，欣赏最好的歌剧，但是也觉得身体一天不如一天。

过去爬山，有用不完的体力；现在爬山，就算精力充沛，也得保留三分。身边的孩子，一下就冲上山头。我们即使能跟得上，却常不得不放慢脚步——搀扶年老的父母。

哀乐中年！"乐"于自己的成就和孩子的成长；"哀"于自己的渐衰以及父母的凋零。

中年是站在分水岭上，一老一少，两条河左右奔流而去，激荡在我们脚下，使我们一方面欣赏风景的壮阔，一方面担心被冲走。

也就在这分水岭上，我一次又一次听到朋友抱怨，年老的父母拖累了他们的脚步：

"已经爬不上去了，还要被老的拖着。看他们

把 握 我 们 有 限 的 今 生

变得又慢又脏又啰唆,好烦!可是回头想想,又很同情……"

"我那个自以为最伟大的老爸,居然一下子缩小了,成为一个糟老头儿,有时候还故意挨到我身边。摸摸我的毛衣,问:'这是哪儿买的啊?好漂亮!'他居然在拍我的马屁,让我觉得好恶心。早知道有今天,他过去又何必装作那么神气?"

在这分水岭上,人们产生矛盾和挣扎。因为面对年老的父母,不仅要去照顾,更得面对父母死亡的打击与偶像的破碎。

如同政治偶像的神话破灭之后,人们产生反感一样,中年子女也产生了莫名的反感。许多子女在这强弱形势改观时,居然在潜意识中,有了报复的心态。

过去数十年的压抑与不平,现在不必再掩饰了。于是,在父母最需要我们关怀的时候,我们反而表现了恶毒的一面。

每个子女都知道不对,不对的却继续发生。当子女报恩的同时,不自知地,也报了怨。

人的记忆很妙,童年时的平实与美好,很难被深刻地留下。即使留下,也只是一种温馨的感觉。反倒是屈辱不平,会一件件镌刻得清清楚楚,且随着父母的年迈,以反讽的姿态出现。

每次看到木棉花,我都想起一个朋友说的话:

"有一次我捡了好多木棉花,觉得花好美,但是当我捧回家,父亲却狠狠打我一耳光,说我是乞丐。"想了一下,她笑笑,"当然父亲也留给我一个很深很好的记忆,就是有一次我要去阿姨家住几天,到了火车站,突然看见父亲骑着自行车,气喘吁吁地赶来,交给我一件新洋装。我真是感动死了,每次想到都掉眼泪。"她换了一种表情,"但是这两年,我不感动了,因为我想通了,他不是爱我,只是怕我穿得寒酸,到阿姨家,会丢他的脸!"

我一惊,发现成长是这么可怕。成长把坏的记忆变得更坏,也可能把好的记忆,用现实价值推想,变成坏的。尤其令我难忘的,是她怨恨地说:

"而今,我最不喜欢木棉花,看到花,就想起父亲的耳光。"

每次读《颜氏家训》里的"父子之严,不可以狎""喜闻君子之远其子""君子之亲教其子",我都想:

上一代不是不爱我们,只是受了父亲威权社会的影响,用"管"的方式教,而不用"爱"的方式教;结果建立了父亲的权威,却忽略了"自然"的亲情。

我常对朋友说：

"如果我们希望未来子女的孝敬，不是因为怕我们，而是因为爱我们，就让我们今天开始爱他们，不扮演威权、不诉诸情绪、不耽于溺爱，而是采取合理的爱的教育！"

把握我们有限的今生

最后一声呼唤

接到一封满是哀愁的信,是个女孩子写的,她的父亲在空难中丧生了。

女孩的母亲,接到噩耗后奔赴现场。看到昔日高大粗壮的丈夫缩小成一团,模模糊糊中,只觉得一双凸起的眼珠,在焦黑的表皮下,向前瞪着。做妻子的,大声哭喊着丈夫的名字。

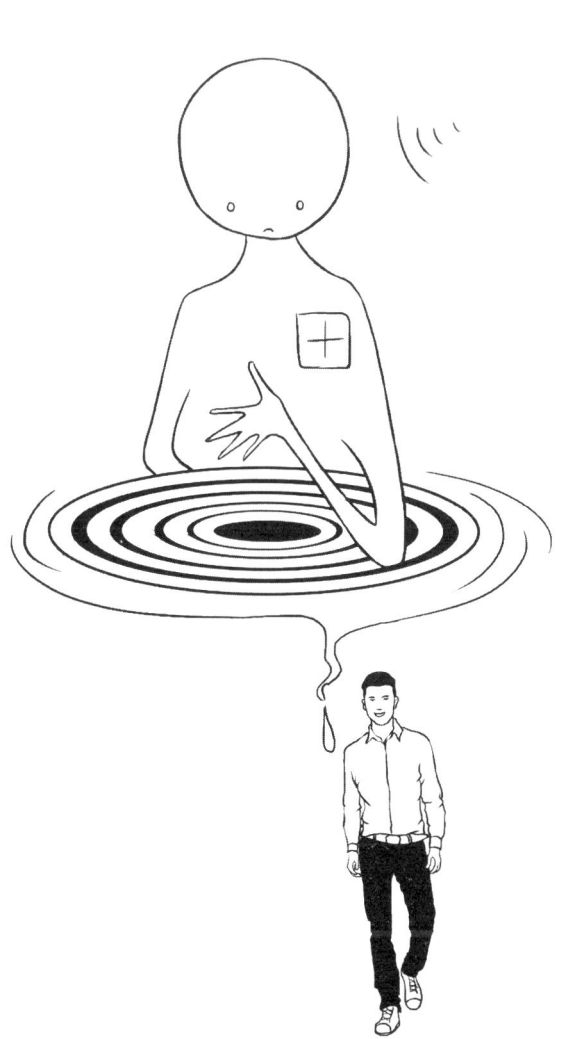

那焦黑的尸体，居然七孔流出血来……

读到这儿，我在悲恸与同情中，更感到惊悚了。

记得小时候，陪父亲钓鱼见到的溺水者，也是在亲人赶到时，突然七孔流血。

莫不是他们在死亡多时，甚至几天之后，还在那尸体中，有着冥冥的知觉？

莫不是他们像守着房子的屋主？房子虽然烧了、毁了，屋主仍然舍不得离去，躲在屋子一角，做最后的眷顾与流连？

佛学书上说得好！

"成、住、坏、空"，人的身体就像是一栋房子，由造成、出生、搬进去住，到逐渐老旧颓坏，终于倒塌、灭亡，不得不迁出，搬到下一栋新房子。这搬进搬出，就是生生世世的轮回。

只是，有些人高高兴兴地奔向新家，有的人却迟迟疑疑不肯离开。

或许这不肯往生的,就是阴阳界之间的孤魂吧!他既不属于死亡的阴间,也不属于下一世的阳间。电影《人鬼情未了》中,那火车中的厉鬼和舍不得爱人的男主角,不就都是身处在这种情况吗?

他们不去,因为舍不下前生的种种。他们或是因为厉死而心有不甘,或是因为世间的情缘未了,而放心不下。

"人哪!就是由肉身和灵子结合成的。"一位研究灵魂学的朋友和我说,"人死了以后,灵子可能暂时留在肉体中,拒绝离开。直到亲人出现,心愿已了,或是身体朽坏得再也待不下去,才不得不走。起先还在旧时的躯壳和世间的宅院中流连,最后终于离开,漂流于天地之间。这时候,如果有卵子、精子结合,在结合受孕的一刹那,周围的灵子受到感应,就会向

把 握 我 们 有 限 的 今 生

那里聚集。谁在世间的德行好、功力高,谁就愈能进驻高层次的肉身,开始他的下一生。"

从他的道理往下想,如果灵子能既不眷恋娑婆世界,又不汲汲于奔向下一生,而能把自己的胸怀阔大,充塞于宇宙之间,跟星辰结为一体,既无我也无彼,既是我也是彼,不就到达佛的境界了吗?

想到这儿,又觉得自己变成道家。或成了赤壁下的苏东坡,他所说的"物与我皆无尽也",不正是这个道理吗?

正苦思不解,打开电视,看见个挺着大肚子的妇人接受访问,突然有了另一种感触。

那妇人两手摸着肚子,得意地笑着:

"圣母生下耶稣,她拥有的是圣体。而我,虽然只能生个普通孩子,但我这肚子何尝不是圣体?上帝赐予生命,但是通过了母亲的肚子。我的肚子虽然很小，但是想想，它能由无到有，生出个孩子，带来以后的世世代代、子子孙孙。我这肚子，就是孩子的世界，就是一个小小的宇宙……"

自从看了这段访问，每次见到怀孕的妇人，我就想：

那是个带着小宇宙、小世界的人。有一天，我死了，我要去大大的宇宙，还是去这样一个小小的宇宙呢？

抑或是，我会舍不得今生的这个"房子"，眼看着房子倒了，成为一堆灰烬。还是流连在废墟之上，等待我妻子的最后一声呼唤？

把握我们有限的今生

做梦的胆量

三十年前,听一位从美国回来的大哥哥说:

"美国的橘子汁,好纯!好浓!一点儿水也没有加。当我第一次喝的时候,每喝一口,都觉得自己变强壮了些。"

十六年前,我自己到了美国,一位女同学说:

"天冷空气干,擦点保养乳液,这里的又好又便宜,擦上去,心里都舒服,觉得一下子年轻好几岁。"

以后几年,我就常寄乳液回家乡。起初很受欢迎,只是这几年变了,经济起飞,外面有的东西,家乡也买得着。

倒是每次有朋友到我的乡居,常没进门,就仰着脸深深呼:

"你这里真好,空气多干净啊!比溪头都清新。吸两口,就觉得能多活几年!"

二十年前,当记者,听说七星山下了雪,一群同事挤满一车,冲上去"采访"雪。

采访完,还带了一包下山。灰灰白白加上草叶和泥巴,冲进家门,先喊儿子:

"快来看!真正的雪!"

十三年前,太太带着老母和儿子,来到了纽约。

把握我们有限的今生

不久之后,下了第一场雪,只是稀稀疏疏的小雪片,儿子却跑到外面又叫又跳:

"雪!雪!好可爱的雪!"

今年,纽约下了几十年来最多的雪。

旧历新年,儿子赶回家守岁,也赶上了最大的一场雪。

半夜,雪停了,怕再结成冰,不得不立刻出去铲。儿子一边铲一边喊:

"为什么住在这个鬼地方?下这么多雪!"

"我希望将来能有钱!"大学四年级,新婚的妻子对我说。

她说得很轻松,听在我心里,很重。

然后,我毕了业,教了书、主持了节目、当了记者、出了书、展了画,有了些钱。

把握我们有限的今生

"钱要存着。"妻说,"把分期付款还清了,把孩子的教育费存够了,把应急和养老的钱准备了。希望有生之年,我们能去一趟欧洲。玩过欧洲,死都心安了!"

去年秋天,我对妻说:

"你前一阵的工作,不是忙完了吗?我们参加旅行团,去一趟欧洲吧!"

我立刻报了名,参加十二天的西欧之旅。

临行,妻突然变得不安,为小事跟儿子大吵一顿,突然打电话给旅行社:

"我们不去了!"

"为什么要变卦?什么都安排好了!"我不解地问,"去欧洲不是你的梦想吗?"

"不知道为什么,我只是心里不安,有点怕,怕离开家……"

（我们还是去了，只是十二天，打了十通电话回家。）

小时候，家旁边有条河。河边长着红蓼和野姜花，我常抓着姜花，把手伸得远远的，放下我的小纸船。

水流很快就把小船荡开。我也赶紧跑回岸上，踮着脚，伸着脖子，看我的小船漂向远方。

二十年后，我到了美国南卡罗来纳州，常跟当地艺术家，夜里开着小船出游。

湖很大，四周有草地也有森林。用手电筒往森林里照，能看见一双双闪亮的眼睛。

那时，我常想，开船比开车容易太多了，路又大又没有红绿灯，将来我也一定要买条船。

四年前，搬到了长岛，就住在海湾旁边，地产掮

把握我们有限的今生

客指着两百米外的码头说：

"你把船停在院子里，要开的时候，就推进水里，连停泊费都省了！"

我没买船，倒是常带女儿到码头上散步。

有个长长的木桥，通向水里一座浮动的停泊站，许多空船靠在那儿。

"要不要坐船？"我把女儿抱起来，放在别人的船上。

"这怎么算坐船？"女儿说，"船又没动！"

"船在动啊！水在动，船也动！"

"远处是那是什么桥？"女儿指着问。

"是白石大桥！"

"过了桥是什么？"

"是布朗克斯大海湾。"

"过了大海湾呢？"

"就是大海了。"

女儿眼睛突然亮了起来:

"我将来要买一条船,开过大桥、开过海湾,到大海!"

"好极了!所以爸爸给你取名叫小帆,希望你带着爸爸妈妈年轻的梦想,扬帆到你想去的地方。"我拍拍她,"但是要早,趁着年轻!"

从年轻到年老,多少理想实现了!多少美梦破碎了!多少豪情消逝了!

我们可能实现年轻的梦,只是找不回那个年轻的自己、年轻的情怀、年轻的时代,以及年轻时做梦的胆量!

把握我们有限的今生

死亡的快与慢

常听老人家说:

"看!谁谁谁死得多痛快!上床还好好的,做着梦,就死了!"

"瞧!某人死得真干净!躺在浴缸里洗澡,半天没起来,死了!"

"还是某人死得过瘾!打麻将打了一辈子,坐在牌桌上，一个自摸，大笑三声，溜下椅子，死了！笑着死的！"

听这些七八十岁的老人家，你一言我一语，各说"快死"之妙，我心里都觉得怪怪的。

莫名其妙，突然死了，真有那么好吗？

要是我，就宁可慢慢死，只有"慢死"，才能把未了的事情办完，或一一交代清楚。怎么能手一撒，半字不留，只留下一堆问号和叹号就死了呢？那么自私，图自己没有痛苦，却留给生者许多困难。

当然，也就有老人家提出反驳说：

"笑话！一下就死了，才是你们年轻人的福气！难道你希望老的躺在床上，一拖好几年，让你们送汤送药、抓屎抓尿？我才不干呢！俗话说得好，久病床前无孝子！宁愿一下死了，你们还会舍得不得，掉点眼泪！"

把 握 我 们 有 限 的 今 生

每晚经过老母卧室,便听她在床前跪着祈祷:"上帝啊!你要是接我去,就快!别拖!"

白天,也常见她坐在一角撕东西,把一些旧信、旧照片,全撕了。

有一天,看见她撕我逝去老爸的照片,我过去阻止,老人家哼了一声:

"留着干什么?看了三十六年,也没看活了,愈看他愈年轻,反正快见面了。至于信!我总也有些自己的秘密吧!留着干吗?死了让你们看,搞不好还骂我。"

才知道,这八十七岁的老人,虽然硬朗,却总是在心里准备着"蒙主宠召"。

想起以前认识的一位空中小姐,也从来不留信,她在香港和台北都有房子,每次离开,总把东西理得整整齐齐。

"如果不幸,掉下去了,人家来收拾,走进门,这么整齐干净,多简单!多有面子!何必留一大堆情书,留一大堆闲言?"

显然,她对于死,也常有心理准备。

问题是,现代人,出门开车、坐飞机,车子的出事率不比飞机来得低,速度愈来愈快、交通愈来愈乱,岂不是人人都该随时对于"身后"有个心理准备吗?

一位推销人寿险的朋友说得好:

"死,可悲!死得不明不白,更可悲!一下子死了,对自己的家人、孩子没个交代,让一家陷入困境,就算死了,又能心安吗?"

另一位学佛的朋友,说得更有理:

"'平安往生',就是死了之后,无牵无挂,能平平安安地去!"

于是我想,那些厉死的人,往往冤魂不去,或许就是因为死得"不平安",有太多的冤情与牵挂,不愿意就这么走。进一步想,我认为对子女的牵挂,恐怕比对冤情的怨恨,更使得人不能"平安往生"。

许多被医生宣布死亡又复生的人,不就因为舍不下世间未成年的孩子,毅然拒绝"神光"的召唤,而回到世间的躯壳吗(据美国心理学家雷蒙·穆迪的研究报告)?

因此,当我去年和妻欧游之前,特别找了律师来家里,又请邻居做见证人,立了遗嘱。

那一天,正巧是中秋节。

老母看一堆人进进出出,还以为是请来过节。等知道是立遗嘱,则一个劲儿地骂:

"年纪轻轻,哪有那么容易死?大过节的,立什么遗嘱?"

她这话，倒也有几分理。

一个医生朋友对我说：

"保险公司其实也接老人家的医疗险，你别以为他们是存一念之仁，明知老人家多病，还接。其实啊！他们多半只保住院，而高龄的老人家住院常拖不了多久。反而是年轻人，病虽重，却能硬拖好几年，把保险公司拖垮！"

怪不得年轻人比较不急着立遗嘱，因为只当是意外，拖的那段时间，就能安排后事。

想起我的干姐姐，死前两年，做我秘书，每天笑声不断、效率很高。下班之后还常陪丈夫出去应酬。

有一阵，效率差了，早上总迟到，说是去打点滴。

问她什么毛病，都说小感冒，很快就会好。却见她日益消瘦、面色发黄。

把 握 我 们 有 限 的 今 生

我偷偷跑去打点滴的诊所。医生说:"肝有毛病,早叫她去大医院查,她偏不去。只靠打点滴,撑着去上班。"

把她硬推去医院,就没能再出来。据邻床的病人说,她常偷偷掉眼泪,说自己剩的时间不多了。

只是我去,她依然挺着胀满腹水的肚子下床,跟我谈笑。

再过两个星期的一个深夜,她去了,没留下一句话。

"她死得太快了!自己没想到,来不及交代后事。"我的老母一边擦眼泪,一边说,"她不是病死的,是笨死的!谁会这么笨?得了肝病,到死才知道。"

前两天,接到干姐姐亲人的来电,我转述了老母的话。

"我们都错了!"电话那头说,"你知道吗?我后来查出,她一直在一位大医院的大夫那里看病,那大夫拿出她的病历,居然有厚厚一摞……"

放下电话,我独坐良久。

想起干姐姐生前的笑貌,即使我要她在家休息,她还是坚持上班,甚至求我的样子。

她很富有,不需要工作。

她早知有病,和她母亲同样的病,根本应该静养。但是,她选择了她选择的,连丈夫都不知道。

她是突然死去,还是慢慢离开的呢?

对她自己,是慢慢;对活着的亲人,是突然。

突然得让我们难以接受,突然得让我们骂她笨。

她却比谁都"清楚"!

把握我们有限的今生

如果我们希望未来子女的孝敬,

不是因为怕我们,而是因为爱我们,

就让我们今天开始爱他们,

不扮演威权、不诉诸情绪、不耽于溺爱,

而是采取合理的爱的教育!

把 握 我 们 有 限 的 今 生

莫 负 今 生

遇 见 当 下 的 自 己

把握我们有限的今生

她有了新名字、新护照,

甚至新的"历史"。

她必须假装自己死了,

忘掉自己的亲人和过去……

心中的一首歌

常在心里哼歌,没真哼出来,身边的人却突然唱出那首歌。

是因为不知不觉中哼出声音,被对方听到了?还是因为心里在哼,使呼吸的节拍也随着变化,那呼吸感染了对方、产生了共鸣?抑或是第六感,一种音乐心灵的沟通?

把握我们有限的今生

当然沟通的必定是双方都熟悉的曲子。如果我心中哼的那首歌,只是我自己新作的曲子,对方绝对不可能感受到。除非,我哼了出来,一遍又一遍地哼,让他听熟了,由我的歌,成为他的歌。

歌好像食物,有些食物,譬如烤肉,没什么国家地区的差异,走到世界的任何角落,碰到烤肉,都觉得好吃。又有些食物,像中国的皮蛋、臭豆腐,就不是每个民族都能欣赏。除非,他忍着呕,一遍又一遍地试,终于能吃出味道,而且乐此不疲。

可不是吗?好多曲子,譬如《蓝色多瑙河》,谁听,即使是第一次,都觉得美。又有些曲子,初闻,简直是虐待。连电视剧主题曲都常如此,乍听不怎么样,只是每天到时候,左邻右舍,强迫收听,久而久之,居然不知不觉中,也跟着哼了起来。

小时候读过个历史故事。有位贤臣知道广东闹灾荒，很想请奏圣上，让广东免"缴粮纳税"，却又怕皇帝不答应。于是每次在陪皇帝下棋的时候，一面搁棋子，一面口里唱道："锵！锵！锵！广东免解粮。"

棋下久了，有一天皇帝也举着棋子唱道："锵！锵！锵！广东免解粮。"

那臣子赶快跪下谢恩，所谓"君无戏言"，这附和的一唱，居然成了圣旨，收不回了。可见，即使是一两句不成调的调子，唱久了，哼熟了，也能传染给别人，成为别人心中的曲调。

我的歌，成为你的歌，甚至成为大家的歌，这是多么可爱的一件事啊！

有时候听演唱会，前奏刚开始，还没唱，就响起一片掌声。

道理很简单，大家已经知道要唱什么歌，没等演唱的人开口,下面的人,心里早开始唱了!

然后,当演唱的人真开口,更有着排山倒海、一呼百应的感觉,千万颗心突然因为一首歌,结合在一块儿。一起哼、一起摇摆,甚至,一起舞蹈。

在美国看电视,常转换到南美洲西班牙裔的频道,便被吸引。吸引我的不一定是歌曲,而是那伟大的场面。广场上一个高台,四周已看不出是人群,而像是万顷的麦田,在风里摇摆。当镜头转为特写,看群众脸上洋溢的欢乐、随着乐曲陶醉的样子,让人不得不感动。那些国家的生活水平远比我们差,还有着连年的战争。可是,当乐声响起、万人齐唱,他们比谁都忘情,都快乐!

妙的是,当我细听他们的歌,却可能是美国人的曲子、法国人的曲子,或者是他们敌人的曲子。只是,当他们唱的时候,怎么看,都是他自己"心中的歌"。

谁说自己的歌一定要自己唱?谁又敢讲自己作的歌,一定自己唱最好听呢?

我就好几次看见作曲者跟演唱者一起唱,怎么听,他自己唱得都不如另外一个人好。多可爱啊!自己有灵感,作出的曲子,本来应该自己最了解、最感动,却交给别人,甚至是千万里外,不认识的人演唱,反而唱得更深入、更感人。那曲调已经不只是曲调,而像一条船,载着歌者的情怀,到他想去的地方。

有一次开车在路上,看见个以前教过的女学生,一面走,一面唱,两只手还比来比去。就停下车,问她要不要顺道搭一程。

她上车,我问:"你好像在唱歌,什么歌这么有意思?"

把 握 我 们 有 限 的 今 生

"我唱一首太阳歌!"女学生笑道,"今天太阳好好,我很高兴,所以唱太阳歌。"

"太阳歌?我没听过,唱给我听听!"

"好啊!"她大声唱了起来,"祝你生日快乐!祝你生日快乐!"

"这是生日歌嘛!"我说。

"这也是太阳歌啊!"学生笑得真如一轮太阳,"每一次考试考得好、男朋友对我好、爸爸给我很多零花钱、妈妈送我她用不完的化妆品,我就会唱这首歌。"说着,又大声唱起来,"祝你生日快乐!祝你生日快乐!"

从那天起,每一次我很快乐,我也唱"祝你生日快乐"。每一次听到别人唱这首歌,我都想:

他一定很快乐!

放孩子飞吧!

多年前,看过一部报道蜘蛛的影片:

蜘蛛妈妈产下一团卵,每天绕来绕去地守护着,小蜘蛛孵化了,在母亲的四周跌跌撞撞地攀爬,好像刚学走路的孩子。

蜘蛛妈妈更是忙了,忙着把各种猎物咀嚼为碎末,喂养初生的孩子。孩子逐渐长大,突然一阵强风吹过,小蜘蛛都被吹了起来,居然牵着一根根丝,飘离了母亲的网。

多壮观的画面哪!不计其数的小蜘蛛,像雨丝一样,又仿佛乘着降落伞,在空中飞扬。然后,丝断了,纷纷飘向远方。

蜘蛛妈妈依然停在网中央,似乎一点也不慌乱,也完全没有设法阻拦,静静地看着自己的孩子离开。

这画面常在我脑海中浮现,觉得好遗憾、好残忍。我常想,那蜘蛛妈妈如果有情,会不会伤心呢?

自从儿子上了大学,起初还两个星期回家一趟,就算不回来,也总打电话。后来,回来的次数愈来愈少,电话也稀疏了。

"打电话去吧!看看他最近怎么样了!"我对妻说。

"要打你自己打!他不打给我,我为什么要打给他?"妻没好气地说。

可是当我打过去时,妻正在浴室洗脸,电话一通,她的水声就停了,等我挂上电话,水声便又响起。

总是这样,我催她打,她要我打。原因很简单,生怕电话拨过去,听到的是录音,留话之后,便满心焦虑,彻夜难眠。

夜里三点,她会突然翻过身:

"儿子怎么还没回宿舍?"

大学毕业之后,我在台北的成功高中教过一年书,每天放学,都要经过长安东路的华山火车站回家。

车站上有座高高的天桥,许多孩子在上面放风筝。

有一天路过,暮色已经浓了,只剩一个孩子放风筝,孩子的母亲则在桥下又喊又骂地催孩子回家。

只见那孩子一面收线,一面对着天上的风筝,自

把握我们有限的今生

言自语地说:"回家!回家!还没飞远,就把你拉回家!"

才说着,线突然断了,孩子吓一跳,看着飞掉的风筝,大哭了起来。

不知道为什么,最近总想到这一幕。只是觉得自己成为那个孩子,我儿子却成了那只风筝。

有个五十多岁的朋友,事业不顺,却养了四个孩子;因为孩子年龄隔得近,他太太不得不留在家里,经济就更困窘了。这两年,总算包袱轻些,只是才一转眼,四个子女全跑了,住校的住校,结婚的结婚。

大概因为更年期,那做母亲的情绪很不稳,总是坐在家里,对着空空的房间掉眼泪。

某日,朋友聚会,有个人很会算命,这失意的母亲也怯生生地过去。

"你这相很好,年轻时稍苦,但是中运、老运都好!"算命的才瞄一眼就说。

"笑话!我的中运、老运好?倒霉还来不及呢!"朋友的妻子瞪大眼睛,"你知道吗?我有四个孩子,朝不保夕地累到今天,孩子全跑了,你却说我好?"

"当然好!"算命的笑了起来,"古人说'多福、多寿、多子'是'三多'。你孩子多,年轻时候操劳,人胖不起来,胆固醇也高不上去,练就健康的身体,一定'多寿'。再过几年,孩子有成,东边住住、西边玩玩,真是左右逢源、福气多多。'三多'你全有了,还说命不好吗?"

做母亲的,常犯的最大错误,就是舍不得孩子离开,又希望孩子能像妈妈爱他一样,回头爱妈妈。

这是因为她不能认知,孩子对母亲和母亲对孩子的爱，是不同的。

做母亲的人，从怀孕的第一天，就渐渐有了感觉。呕吐、胎动，最后是阵痛、破水、分娩，她是每一刻都经历过的。尤其是生产的那一刻，声嘶力竭、身体被割裂、面孔涨成猪肝色，所有的美丽与风采全不见了，只为"把自己的骨肉生下来"。

问题是，又有哪个人能记得在母亲的肚子里成长以及经过产道时，母亲的痛苦呢？所以，孩子对母亲的爱，是后来在被养育的时候才培养的。

更重要的是，孩子又要去做别人的父母，去经历自己的阵痛与艰辛，他们从出生那一天，就已经走向独立。

小女儿常说我是她的大玩偶，因为每次她冷不防地亲我一下，我就会止不住地发出一串笑声，好像有个笑的开关被她启动了。

每次小女儿逗我，妻和我的岳父坐在旁边，我都心想：我的老岳父还会不会是妻的大玩偶呢？我常猜：如果现在，我的老婆过去亲我岳父一下，老先生会不会也发出一串笑？

抑或是，她已经成为我的妻子，就不再是那个能操纵爸爸的小女儿？

在电影《欢喜城》(*City of Joy*)里，一位半生辛劳，最后为女儿凑足嫁妆的父亲，对自己的女儿说得好：

"你从不属于我，上天把你给了我，直到你结婚为止，继续那'生命之轮'！"

我常想到那蜘蛛妈妈，静静地，看自己的宝宝乘风而去。

我想，我们都该向它学习！

把握我们有限的今生

忘了我是谁

一个终年劳碌的朋友,突然说要去巴黎度假。

"你只怕忙得连附近的公园,都没走过两趟,又何必跑到巴黎去呢?"我说。

朋友一笑:"说穿了!到巴黎哪里是玩,根本就是休息。往旅馆床上一躺,没有电话、没有约会,好像从这个世界消失了似的。"

他的话，使我想起报上常见的一个汽车旅馆广告——

找那么一天，把孩子交给保姆，把自己交给自己，夫妻俩到我们旅馆，好好打打球、游游泳、恋爱恋爱，再度一个蜜月……

那旅馆离市区不过半小时，不是等于在自己家旁边度假吗？

唯一不同的，应该是暂时隔绝了家庭和事业的干扰，也可以说做到"眼不见，心不烦"。

把身体让给别人

对于这一点，我有个朋友就更高明了。

他说："每当我处在极端焦虑的情况下，会突然告诉自己：'好！从现在开始，你不再是你！你没了家，也没了事业，你只是一个一无关系，也一无所有的人！'然后，如果走在街上，我会看看橱窗，坐在路边晒晒太阳；如果在办公室，我就跑到阳台，发发呆。只要一下下，又回头，成了原来的我。可是那一下下，只要你真正忘了自己，就好像能重新做人，轻松了许多。"

母亲刚到美国的时候，曾经去一个教堂做礼拜。

那是个追求"圣灵充满"的教会，许多人能在祷告中，突然被所谓的圣灵充满全身，说出一些令人难懂的"方言"。

据说有些"方言"被分析出来，竟是千百年前的古语。于是有人猜，必是古代的"灵"附入了现代人的身体，像是电影《人鬼情未了》当中，借着另一个人的身体说话。

我母亲从来没有"圣灵充满"的经验,但是她的老朋友,有一次终于"被充满"之后,对她说:

"那感觉好极了,像是把身体一下子让给别人,由别人来管,觉得好轻松,好轻松!"

"灵魂出窍"的滋味

这也使我想起,美国心理学家雷蒙·穆迪在《死后的世界》(*Life After Life*)这本书里,描述曾经被医生宣布为死亡,后来又奇迹般复生的人,所说的共同经验:

"我发现自己以极快的速度,穿过一条又长又黑的隧道。然后,发觉自己居然离开了肉体。

"突然,一个从未见过的、温馨慈祥的'神光'出现,告诉我死期还没到,必须再回原来的肉体。

"我多么不希望回去,因为离开自己身体的感觉太好了……"

几乎每个曾经所谓灵魂出窍的人,都说那是轻松而美好的。怪不得古人说身体是个臭皮囊,它不像鸟能飞、鱼能潜,也远不如许多动物跑得快、跳得高,偏偏要吃要喝,还有七情六欲。住在里面,真是个累赘。

从地面消失

这倒令我想起庄子的"坐忘",即忘掉了人世间的仁义礼乐,又忘掉了自己的形体心智,既不觉得有身体,也不觉得有天地,所以达到无所不通、逍遥自在的境界。

据说曾经坐忘的人,也有无比轻松的感觉,好像把身体的大包袱和人世的小包袱,都一下子抛开了。功力更高的,甚至能随着自己的意念,神游千里之外。

真正做到"闭门家中坐,能知天下事"。

只是我想,坐忘的毕竟是自己,没有自己的身体在坐,又如何达到坐忘的境界呢?所以说来说去,还是脱不开自己,也还是要用自己的臭皮囊做根本。

与圣灵充满、灵魂出窍和坐忘相比,有位爱潜水的朋友,说得就写实多了:

"当你穿上潜水衣,背上氧气筒,双脚的蛙鞋一蹬,进入一片蓝色的世界,好安静,好安静!又像是有一种天然的音乐,从四周包围着你,各色的鱼在游、水草在摇,海面与海底的光彩一起在闪。"他陶醉地说,"想想看!你潜水的几十分钟,从地球表面完全消失了。把地上的烦恼全忘了,多轻松啊!"

问题是,当他回到地面,回到现实的"我"的时候,会不会更沉重呢?最起码,在水里轻松的潜水装备,出了水面,就成为沉重的负担。

忘了自己的亲人

也有些人在经过重大的伤害之后,会突然忘掉过去,忘记了自己的名字、亲人、职业,却不会忘记过去学到的知识和语言。

如果没能被亲人发现,他就必须重新开始生活,找全新的工作、朋友和爱人。

只是,当有一天,他突然恢复了记忆,到底应该认同前一个自己,还是后一个自己?应该留在新恋人的身边,还是回到旧情的世界?

倒是我一位同事的母亲,因为年老遗忘来得干脆。八十多岁的老太太,先忘了朋友,再忘了亲戚,最后连老伴儿也忘记了。经常盯着自己的丈夫看,半天之后问:"你是谁?你在我家干什么?"

她唯一没忘的,是自己的孩子。

"看到我,就好像看到全世界!"她的女儿说,"我老娘活得比谁都健康,因为她把好的、坏的、高兴的、不高兴的,全忘了!"

不得不遗忘

最痛苦的,应该是明明不能遗忘,却不得不遗忘的人了。

曾看过一部叫作《妮吉塔》(*Nikita*)的欧洲电影,女主角在枪杀警察之后被判死刑,情报机构假装执行,用空棺材举行了葬礼,却偷偷让她"复生"。

她有了新名字、新护照,甚至新的"历史"。

她必须假装自己死了,忘掉自己的亲人和过去,专为情报机关执行秘密任务。

电影的结局是她有了新的恋人,并在执行一项艰巨任务之后,被情报机关"放行"。

把握我们有限的今生

从此,她是一个自由人,一个自由的新人!

只是,萦回在我脑海的,是她真能忘掉自己的父母、亲人吗?当我们明明活在这个世界,活在距亲人不远的地方,却终身不能再与他们接触的时候,会是多么痛苦?

真实生命,只有一个

最近在美国,有个反越战时杀了警察的激进分子,逃亡二十三年之后,居然出面投案自首了。

二十三年间,她隐姓埋名,成为俄勒冈州两家餐厅的老板,并在社区学院教课。

更重要的是,她结了婚,而且有了孩子。

一直到投案的两个月前,她才告诉丈夫、儿子自己的过去。

当记者问她,为什么在联邦调查局已经把她从要犯名单上删除之后,她却要出面投案自首?

她可以就这样快快乐乐过一生啊!

"我要为那位警察的死负责,我一直深感内疚。"这位餐馆女老板说,"过去,我忘掉自己,面对的是生活;今天,我回到自己,面对的是生命!"

我们一生,可以因为逃避、因为遗忘,而有许多面貌、许多生活。

但是,只有一个真真实实的生命!

把 握 我 们 有 限 的 今 生

生命的飞翔

以前我很怕坐飞机,一上飞机就手心冒汗。但是这两年,我改了,不但不再怕,而且变得很喜爱。

过去最怕的起飞,现在成了过瘾的事。看街道渐斜、房子渐小、河川如带,不正是我飞翔的梦境吗?那不是坐飞机,而是美梦成真!

从空中看地面的感觉多好!平常静止的山川,突然成为动的。河流像是一条缎带，一抖，抖出许多波折，再轻轻一扯，拉成直线。

山不再是高耸的，而有了爬行之姿。由平原上逐渐隆起，成了小丘、冈峦，再往高处去，有了明显的棱线。

那棱线是连续的，一线接着一线，愈连愈多，愈伸愈远。怪不得民间传说有"地龙"。从空中看，那山脉不正是一条扭转前进的龙吗？

斜阳就更美了。向光的一侧山，可以是粉白、嫩绿；背光面的，则成了深黑。山影拉得很长，随着地势起伏而折叠。有时候在大山背后，所有的小山都睡了，只一个山尖，侥幸地偷到一线光，岿然独立着，像是一座华表、一面碑碣。

川流和海洋，也因着斜阳而变幻。恰好反射出的，是一片金光，金光的上下是一闪一闪的浪花，浪花远处像鱼鳞。鱼鳞更远处，则是一抹无际的深蓝。

最爱看海上的船。只有看见船，才知道海的大、天的宽，才知道自己是由多么高的地方俯视。

看船，又要看船的头尾，看它的头指向哪里；看它的尾巴后面，拖一道白白的浪花。于是，我可以猜，它是远行还是回家。

我也爱看地面的小车子，尤其是夜间，一条公路上，左右两线，一条亮着两串白灯，一条闪着两串红灯。白灯是车前的大灯，红灯是车后的安全灯。碰到堵车时，这红白两道光彩，能连绵几公里。好像一条引线，点亮满地的星海。

当然，万千风景中，最耐人寻味的还是建筑——那些人们用双手，在大地上制造的另一种景观。

杂乱的聚落、棋盘的街道、整齐的小区，从空中看，都一无隐瞒地呈现。我最喜欢看独门独院的小区，一条条弧形的小路，从干道上伸出来。小路的两边是房子，房子后面是一方方蔚蓝的游泳池。有时候还能看见小黑点子飞进那方蔚蓝，激起一小圈一小圈的白花。

无疑，这是一种偷窥的行为。只是窥到的，与其说是人们的私生活，不如说是一种幸福的感觉。

那是一个个小小的家，里面是家人，是亲情。

有时候飞过城市，也能见到较大块的蔚蓝，那八成是属于运动场或学校。

我最爱看小学了。经过这么多年的训练，我已经能一眼就认出哪个是小学。

长排的校舍围着一片绿，绿地上又绕着一圈土黄。土黄的一侧有个小灰方块。另一边有秋千、跷跷板和一些说不出的小东西。

加上一群群花花绿绿的小点子,在上面转来转去,那一定是小学了。

虽然在万米的高空,我也觉得听到孩子们嬉戏的笑声、叫声,觉得自己又回到小学,回到童年。

童年的操场上空,很少看见飞机。看到的,也多半是军机。更早的童年,当警报拉响,躲进防空洞,听到天上隆隆的声音,便猜:"那是来轰炸的飞机!"

这两年倒坐了不少次飞机,在神州飞翔。看黄土高原上万里的枯黄和关中平原一眼望不尽的翠绿。

下面也有蓝蓝的小方块和黄赭色的圆圈圈,以及一群群花花的点子。跟世界任何地方的小学,没有什么不同。

我常想,当海湾战争,美国战机飞到伊拉克上空投弹时,能不能分得出,下面的世界跟美国有什么不同?

每次坐飞机缓缓升空,都觉得开始面对一片没有隐私、没有喧闹、没有国界、没有差异的可爱的世界。

都觉得人生就像是一场飞行的旅途。年轻时是起飞,要加满了油、加足了马力,一飞冲天。

冲得高的喷射机,能飞到云的上面,不论地上晴雨,总面对一片蓝天。冲不高的小飞机,只好在低处飞,虽然一会儿穿云、一会儿过雨,还容易遭遇闪电,却也跟大地最接近,最能看见下面的美景。

只是,不论飞多高,都得下降,再次经过不稳的气流,穿过浓云和烟雾。然后,大地近了,景物变得那么清晰,是我们一生拥抱的大地。

每个生命的飞行之旅,都会降落。有的坠下,爆成一团火球,引来无数的关注。有的是勉强迫降,经

把握我们有限的今生

过许多波折与心颤。最多的则是那种几乎无感觉的着陆，平平稳稳，不知不觉中，已经终止。

哪个最美？我不知道！

只知道生命的飞翔，不论平稳与否，都该是美妙的经验！

生生长流

看伊朗著名导演阿巴斯（Abbas Kiarostami）的《生生长流》(*And Life Goes On*)，电影里阿巴斯带着自己的孩子，去伊朗灾区找两个熟识的童星。

五万条生命，在这场地震中被夺去了！

一眼望去，是整片的废墟和弯身在当中挖掘的人群。没有人哭号，因为每个人都是悲惨的受害者，不

把 握 我 们 有 限 的 今 生

必向别人诉说,也无须听别人诉说。

倒是有一对地震前订了婚的情侣,在断垣残壁间结了婚;他们原先邀请的亲友多半死了,"新房"前的花草依旧盛开。

"能结就早结吧,谁知道会不会跟着再来一次地震,让我们都送了命?"新郎说。

也见到旷野里成堆的难民、成片的营帐、成缕的炊烟。一个年轻人却在高处架电视天线,导演问:"你还有心情看电视吗?"

"我的亲朋好友都死了,我是很伤心。"年轻人苦笑,"可是活的人总要活下去啊!何况,世界足球大赛,几年才一次!"

电影中,导演继续开车,找那两个童星。山陡,车上不去,倒是有路人说看见过那两个孩子!

"看不看见已不再重要,只要知道他们还活着,就好。"

把握我们有限的今生

电影就这样结束了,观众安静地离场,没有人落泪,也没有人笑。生命本来就是有哭有笑,也不必哭不必笑的。

想起沈从文的自传,写杀人、看人被杀,一群群人被串绑着出去杀头。人太多,杀不完,就掷筊,掷到免死的就自行走开;被掷中的也不哀号,乖乖接受死的命运。

生命竟是如此卑微,卑微得只是日升日落、缘起缘灭之间,一个可有可无的存在。

生命也是可轻可重的,"轻"在人皆有死,"重"在我正生,而且要生存下去,把该属于我的生命好好活完。

如同沈从文说的:"应死的倒下,腐了烂了,让他完事。可以活的,就照分上派定的忧乐活下去。"

"分上派定的",多么平淡!多么悠然!

有位女同事的孩子将要出嫁,喜宴定了,礼堂安排了,请帖也发出了。婚礼前五天,准岳父却心脏病发作,死了。

"我先生死了,怎么办?婚礼成了丧礼,究竟还要不要举行?"同事惶然无助地问办公室同事。

"当然结!"一个也丧夫不久的同事拍着她,"不要觉得孤独,我们会去,他也会去的!"

婚礼照常举行了。

牧师首先带领大家默哀,然后音乐奏起,玫瑰花瓣飞扬,一对新人在满堂宾客的祝福中出现。

没有人去想那才发生的悲剧,因为一对新人正在面前出现。死去的人似乎被淡忘,因为他的孩子正光彩地走入礼堂。

婚礼第二天,那女同事来上班,坐在椅子上,许久没说话,没抬头。

突然扬起脸孔,含泪带笑地说:"真的,我感觉到,昨天他真的来了!"

有一年,在香港华都酒店的顶楼看夜色,窗外是万家灯火和狂风暴雨。

只觉得在那片灯火中,千百盏灯一一熄灭了,又有千百盏开始点亮。它们是那么平均地交互发生,尽管明明灭灭,却永远是一片灿然的灯海。

生命或许就像这灯海吧。

办喜事的日子,也总有人办丧事;婴儿初生的时刻,也有人正在咽下最后一口气。所有的平淡都可能变成激情,所有的激情终会归于平淡。

既然我们生了,就要好好活着,努力地、快乐地、积极地,让那片生之灯海永远灿烂;让这生生长流,永不止息地流下去。